JN100493

死者の試写会へようこそ

赤川次郎

怪異名所巡り 12

CONTENTS

装幀　小林満
装画　南Q太

死者の試写会へようこそ

――怪異名所巡り12

正義果つるところ

1　再訪

「こんな……こんなことってないわ！」

思わず発せられたという口調で、その言葉はどこか切羽詰まったものを感じさせた。

町田藍（まちだあい）は、〈すずめバス〉の同僚のドライバー、君原志郎（きみはらしろう）と共に、その町へやって来ていた。

弱小バス会社の〈すずめバス〉の、三人しかいないバスガイドの一人が町田藍、二十八歳である。

「地図と全然違うな」

と、ドライバーの君原が言った。「これじゃ、見晴らしも何もあったもんじゃない」

「ねえ。それにしても、前にここへ来たの、いつだった？」

「たぶん……一年前くらいじゃないか？」

「そうよね、確か。でも、たった一年でこんなに……」

都内とはいえ、郊外の小高い丘が続くこの辺りは、これから秋の紅葉が手軽に眺められる穴場として知られていた。

いや、広く知られてしまったら穴場ではなくなってしまう。観光ツアーに〈紅葉の名所〉として組み込めるのは、たぶん今年で終りかと、藍も覚悟はしていた。

　しかし……。

　秋の終り近く、広く紅葉を一望できるのが、今、二人の来ている丘の上だった。

　ところが、古びた民家が二、三軒建っていただけのはずの丘に、何と八階建のマンションが建って、展望を遮ってしまっていたのである。

「仕方ないわ。他に紅葉が見える場所がないか、探しましょう」

　と、藍が言ったとき、少し離れて立っていた女性が、

「こんなことってないわ！」

　と、声を震わせて言ったのである。

　何だろう？　――藍は気になった。

　君原の車でここへ来たとき、すぐ後からタクシーがやって来て、停（とま）った。

　タクシーを降りて来た女性は、四十代だろうか。髪がほとんど白くなり、やつれた印象だった。

　そして、藍たちと同じ光景を目にして、ショックを受けている様子だった。しかし、その深刻な気配に、藍はつい目を向けていた。

「ああ……。ひどいわ！　こんな……」

　その女性は両手で顔を覆うと、その場にうずくまってしまった。

　藍はびっくりして、

「あの――大丈夫ですか？　ご気分でも？」

と、声をかけた。

「いえ……何でも……」

その女性はよろけつつ立ち上った。

「顔色が……。少しどこかで休まれたら」

と言ったものの、目の前のマンションの他には、家や店らしいものはない。

「いえ、大丈夫です……どうも……」

と、女性は歩き出したが、乗って来たタクシーはもう行ってしまっている。

藍は君原とちょっと顔を見合せて、

「あの、良かったら私たちの車で、下まで――」

と言いかけたが、その女性は突然その場に突っ伏すように倒れてしまったのである。


「救急車までやるとは思わなかったな」

と、君原が言った。

「でも、放っていけないじゃない」

「ああ、もちろんだよ。しかし、君のいる所、必ず何かまともじゃないことが起るね」

君原がからかうように言った。

「私のせいにしないでよ」

と、藍は顔をしかめた。

君原の言うことが間違っているとは言えない。しかし、あそこに建っていたマンションは幽霊ではなかった。

その倒れてしまった女性を車に乗せて、一番近い——といっても、車で二十分近くかかったが——総合病院へ運んで来た。

「どうするんだい？」

と、君原が言った。「ここでずっと待ってるわけにも……」

「分ってるわよ」

と、藍は言った。「あんまり時間がかかるようなら、私がこの病院に残るから、先に車で帰って。私はここからタクシーで駅に出て帰るから」

「おいおい」

と、君原は苦笑して、「相棒を見そこなわないでくれ。ちゃんと付合うよ」

「そうだと思った」

——〈N市立病院〉は、一応近代的な、洒落(しゃれ)た作りの建物である。

「失礼」

白衣の医師がやって来ると、「あの倒れた女性を運んで来たのは……」

「私たちです」

と、藍が言った。「あの人、どんな具合ですか？」

「まあ、大したことはない」

と、中年の男性医師は、首を振って、「過労と栄養失調といったところかな」

「そうですか」

「あの人の名前は……」

「私たち、何も知らないんです」

と、藍は急いで言った。「ただ、目の前で倒れてしまったので、ここへ連れて来たんです」

「そうか。しかし、名前も何も分らないんじゃ……」

「何かポケットにでも入ってませんでしたか？」

コートをはおった女性は、バッグのようなものを持っていなかったのである。

「財布はあったがね、二千円ほど入ってるだけで、他には何も」

「そうですか。じゃ、本人に訊くしかありませんね」

「できればそうしたいが、何しろ眠っているのでね」

「はあ。でも、私どもも、いつまでもここにいるわけには……」

と言ったものの、「関係ない」と見捨てて帰れない藍である。

「――仕方ないわね」

と、藍は言った。「私、残るわ。二千円くらいしか持っていないってことになると、この病院の支払いもできないでしょ」

「分った。――しかし、まさか僕だけ帰るってわけには……」

君原は肩をすくめて、「いいさ。付合うよ。どうせ今日はツアーがあるわけじゃないし」

――もう夕方になっていて、藍と君原は病院の、ちょうど向い側にあるファミレスで食事することにした。

「でも、妙だわね」

と、ハンバーグ定食を食べながら、藍が言った。

「あの女のことかい?」

「違うわよ。あの丘に突然建ったマンション」

「ああ。確かに」

「ねえ? 大体あんな所にマンション建てて、誰が住む? 周りには店もなければ家もない。しかも、あの丘の上まではバス一つ通ってないのよ」

「これから通るのかな」

「今思い出しても、どこも入居してない様子だったわ。窓にカーテンがなかったもの」

「言われてみれば、目につかなかったな」

と、君原が肯いて、二階の窓際の席だったので、何気なく、向いの病院の方へ目をやったが……。

「――おい、見ろよ」

「え?」

藍は君原の見ている方へ向いて、目を疑った。

病院からフラフラと出て来たのは、間違いなくあの女性で、入院用の患者衣を着せられ、しかも裸足で歩いていた。

「危いわ……」

藍は、椅子を後ろへ押し倒して立ち上ると、階段へと駆け出した。

一階へほとんど飛び下りるように下りると、道の向いを、呆然とした様子で歩いている女性が目に入った。

「危い！」

と、思い切り叫んだが、全く耳に入っていないようだ。

そして、車やトラックが行き交う道へと、女性は足を踏み出したのである。

ひかれる！　——藍は店を飛び出した。

目の前をトラックがかすめる。藍は、ミキサー車がその女性に向って走って来るのを見てとった。

思い切って駆け出すと、その女性に正面からぶつかりざま、両腕で抱き上げて、向いの歩道へと身を躍らせた。

激しいクラクションが鳴った。——しかし、辛うじて藍たちは歩道に転って、車にひかれずにすんだ。

「危いですよ！」

と、藍は大声で言った。「死んじゃうところでしたよ！」

すると——その女性はじっと藍を見つめたと思うと、

「死にたいんです」

と言った。「あの人が——あの人が死んじゃったから……。私だけ生きてたってしょうがない……」

そして、女性はその場に突っ伏して泣き崩れた……。

「困りますな」

と、顔をしかめて、医師が言った。「あちこち、すり傷まで作って」

「申し訳ありません」

肘や膝などのけがを手当してもらって、その女性——やっと、村上充子という名だと分った——は力なく言った。

「入院患者はおとなしくしててくれんと」

「すみません」

「でも、よほどの事情があったんですね」

と、藍は慰めるように、「もし良かったら話してみて下さい」

「そんな……。ご迷惑をかけた上に……」

「ともかく、少し何か食べなさい！」

医師が叱るように言った。「人間、腹が空くと、ろくなことを考えんものだ。この病院にも地下に食堂がある」

「はあ……」

「じゃ、一緒に行きましょう」

と、藍が言った。「私も夕食、食べてる途中でしたから」

「ちゃんと払いはすませたよ」

と、君原が言った。「僕も、まだ食べ足りない」

「ただし」

と、医師は付け加えて、「地下の食堂では、カレー以外のものを頼んではいかん」

「どうしてですか？」

と、藍が訊くと、医師はひと言、

「まずい」

と言った。

何だか面白い医師で、藍は笑ってしまった。——村上充子も口元に笑みを浮かべた。

そんな成り行きで、藍たちは村上充子と一緒に、地下の食堂に行くことになった。

まだ涙ぐんではいたものの、村上充子は一応カレーライスをしっかり食べた。

「どうだ、食ったか」

と、声がして、あの医師がトレイにやはりカレーライスをのせて立っていた。

「はい。——おいしかったです」

「そいつは良かった。ああ、俺は大津っていうんだ。今夜は当直でな」

と、藍たちのテーブルにちゃっかり加わってしまう。

「話してみるといいですよ」

と、君原が言った。「この町田藍は死んだ人間とも話ができるというんで有名なバスガイドなんです」

「ちょっと！」

と、藍がにらんだが、すでに遅く、

「まあ……。聞いたことがあります。〈すずめバス〉とかいう会社の……」

と、村上充子が身をのり出して、「あの人と話ができるでしょうか？」

「待って下さい」

と、藍はあわてて言った。「私は別に超能力の持主というわけでは……」

「しかし、ともかく話してみては？」

と、君原が言った。

「ふーん」

と、大津という医師はまじまじと藍を眺めて、「どう見ても、狐や狸には見えんが」

「――よろしければ、聞いて下さい」

と、村上充子は言った。「夫の身に起ったことを」

「ご主人が……」

「本当に突然のことだったんです」

と、村上充子は、辛さに耐えるように両手を固く握り合せた。「その日は、主人の好きなすき焼をしようと思って仕度をしていました。近くのスーパーで、牛肉の安売りをしていたので……」

2　手錠

午後五時を回ったところで、夫からいつもの電話が入った。

「今夜は七時には帰れると思う」

夫、村上隆二(りゅうじ)は、夕食を家で食べられる時間に帰れるときは、必ず五時過ぎに充子に電話してくる。

営業の第一線にいる村上は、家で夕食をとれるのが週に一、二度しかなかった。しかし、このときは本当に都合良く――。

「良かったわ」

と、充子は言った。「今夜、何だと思う？　あなたの好きなすき焼よ」

「そいつは豪勢だな」

「ええ。いくら食べても大丈夫。お肉はたっぷり買ってあるの」

と、充子は得意げに言って、「七時ごろにね」

と、念を押した。

「ああ。どんなお得意に呼ばれても、無視して帰るよ」

村上はちょっと大げさに強調して言った。

しかし——七時になっても、村上は帰宅しなかった。

もちろん、仕事柄どうしても遅れることはあるだろう。充子は待った。

七時二十分になっても帰らず、充子は夫のケータイに電話してみたが、つながらなかった。

七時四十分ごろ、充子のケータイが鳴った。

「——奥様ですか。私、会社の佐々木といいます」

「ああ、治子さんね」

村上の部下で、感じのいい女性だった。充子は一度会ったきりだが、よく憶えていた。

「主人、どうしたのかしら？　早く帰ると言ってたのに、連絡がなくて……」

「奥様、あの……」

と言いかけて、佐々木治子は声を詰まらせた。

充子は青ざめた。夫の身に何かあったのだ！

「治子さん、主人、事故にでも？」

訊く声が震えた。

「そうじゃないんです！　とんでもないことが……。五時半ごろ、村上さんが帰り仕度をしていると、突然警察が……」

「警察？　——警察って言ったの？」

「そうなんです。いきなりドカドカ数人で入って来て、村上さんを逮捕すると」

「何ですって？」

「それも『殺人の容疑で逮捕する』と言って、村上さんに手錠をかけて連れて行ってしまったんです」

「殺人……」

「すぐにご連絡したかったんですけど、その後も刑事が何人か残って、村上さんの机の引出しやらロッカーの物やら手当り次第に持って行ったんで……。やっと今、社を出られて」

「そんな……」

充子はその場に座り込んでしまった。——悪い夢を見ているのだ。きっとそうだ。

「あの——どなたか弁護士さんにご相談なさった方が……」

「そうね。ありがとう。知らせてくれて」

「村上さんがそんなこと、するわけないのに！　ひどいですよね。私、悔しくて……」

泣いている治子を慰めて、充子は通話を切った。

しかし、立ち直る間もなかった。玄関のチャイムが鳴ったのだ。

帰って来たのかしら？　今の電話は何かの間違いで……。

急いで玄関のドアを開けると、

「警察です」

と言うより早く、何人もの男たちが一気に部屋へなだれ込んで来た。

「あの——一体どういうことでしょうか？」

と、充子は精一杯の声を上げた。「主人が何をしたと——」

「人殺しですよ、奥さん」

現場を指揮していたのは、ずんぐりした体つきの男で、「おい！　どんな細かい物も見落とすな！　徹底的に調べるんだ！」

と怒鳴った。

「何かの間違いです！　主人がそんな――」

充子が何を言っても全く無視された。

「邪魔すると、あんたも公務執行妨害で逮捕するぞ」

と、その刑事は充子をにらみつけると、突き倒した。

充子は床に座ったまま、呆然として家の中から次々に机やパソコン、夫の趣味のカメラなどが持ち出されて行くのを、眺めていた……。


「指揮していたのは、蔵本（くらもと）という刑事でした」

と、充子は言った。「夫が何の事件で逮捕されたのかも、何も教えてくれず。翌日私が弁護士さんにお願いして、一緒に警察へ行ってもらい、初めて分ったんです」

今も悔しいのだろう。充子は涙を拭った。

「横暴だな、全く」

と、君原が言った。「それで……」

「その事件が起ったのは、その三か月くらい前でした」

と、充子が言った。「S町の外れの民家で、そこに住んでたお年寄と孫娘が殺されて、家の中が荒らされていたんです」

「待って」

と、藍が言った。「S町の外れって、あなたが倒れた辺りですね？」

「ええ、そうです」

「あの丘の上？　じゃ、今マンションが建っている所が……」

「あそこに三軒の古い民家が建ってたんです」

「うん、憶えてる」

と、君原が肯いた。「じゃ、その一軒が現場だったんですね？」

「そうなんです。でも、主人はそんなこと、していません」

「どうしてご主人に疑いがかかったんですか？」

「主人も後で思い出したんですが、その一週間ほど前に、その松田さんっていう人の家に立ち寄ってたんです。といっても、町へ戻る近道を訊いただけのことでした」

「それだけのことで？」

「松田さんというお年寄がお茶を出してくれたそうで、主人は名刺を置いて来たんです。蔵本って刑事はその名刺を見付けて、主人に目をつけたようです」

「うっかり名刺も渡せんな」

と、大津医師が言った。

「でも、証拠になる物も指紋も出なくて、主人も頑張って自白しませんでしたから、弁護士さんも、無罪になると言ってくれていたんです。私も、裁判になれば、本当のことが分ると思ってました。ところが……」

充子はため息をついて、「裁判で、突然目撃者が出て来たんです」

「目撃者？」

「松田さんの家は道に面していますが、その裏手の家の女の人が……。大塚真由（おおつかまゆ）という人でしたが、その人が、犯行のあった夜、松田さんの家から出て来た主人を見た、と証言したんです」

「夜中に、ですか？」

「ええ。でも主人はその日、夕方まで出張で出かけていて、夜も会社で残業してたんです」

「じゃ、アリバイがあったんですね」

「でも、一緒に残業していた同僚は証人として認めてもらえず、アリバイは無視されたんです。そして、大塚真由さん一人の証言で、主人は有罪に……」

「ひどい話ですね」

と、藍は首を振って言った。

「控訴することにはしましたが、主人はすっかり落ち込んでしまって……。逮捕されたときに、会社はすぐクビになっていましたし」

「じゃ、弁護士費用も大変でしたね」

「でも、私、納得できなくて、その場所へ行ってみたんです。松田さんの家は空家になっていました。でも、そこで分ったんです！」

「というと？」

「証言した大塚真由さんの家から、松田さんの家から出て来る人間は見えないんです。あの証言は嘘だったんです」

「刑事だって分ってたでしょうに……」

「私、すぐ弁護士さんに知らせようとして、友人から借りた車で、あの丘から町へ下りて行きました。そして――焦ってたんです、町へ入って、私の車はダンプカーと衝突してしまい、私、重傷で意識不明に陥りました」

「まあ……」

「一週間ほどで意識が戻り、私は弁護士さんに連絡して、自分の発見を伝えました。でも……」

そこまで言って、充子は泣き出しそうになるのを、何とかこらえた。

「――でも、村上さん」

と、藍は言った。「あなたは彼が死んでしまった、と言いましたね？」

充子は深く息を吐くと、

「私が意識不明で入院している間に、主人は――拘置所で自殺してしまったんです」

「そんなことが……」

「気のやさしい人でした。有罪になっただけでも大変なショックだったんです。そこへ、私が事故で重傷という知らせを聞いて、絶望したんでしょう」

と、充子は言って、「私も、主人の死を知って、もう何もかもが空しくなり、ほとんど出歩くこともない日が続きました。――主人の死から一年たって、私、やっと、このままじゃすませられない、という気持になったんです」

「そうだったんですか」

と、藍は肯いて、「それで、あの丘に行ったんですね」

「そうなんです。死んだ後でも、主人の汚名をすすいでやりたいと思いました。ところが……」

「行ってみると、家は失くなっていて、マンションが建っていた」

「ショックでした。もう主人の無実を立証する手段が失くなってしまったんですもの」

話を聞いていた大津医師が、

「あんたが死にたくなる気持も分らんではない。しかし、それでは真実が永遠に知られずに終ってしまうぞ」

「はい。――今は生きていて良かったと思います」

藍は少し考え込んでいたが、

「それにしても妙ですね」

と言った。「あのマンションですよ。あんな所にどうして……」

「確かにね」

と、君原が言った。「あれを建てた会社に当ってみるか」

「まあ、縁もゆかりもない私のために、そんなことまで……」

と、充子が声を詰まらせた。

「いいえ、私たちにとっても、無関係じゃありません」

と、藍が言った。「いつ、私だって身に覚えのない罪で逮捕されるか分らないということですもの。亡くなったご主人のためだけでなく、残った私たちのためにも、本当はどうだったのか、知るべきです」

「君の能力がものを言うかもしれないぜ」

「でも、その前に」

と、藍は言った。「生きている人に会いたいわ。蔵本という刑事。それから、『目撃者』の大塚真由さん。——村上さん」

「はい」

「潔白を証明できたら、ご主人に報告しましょうね。そのときには——もしかしたら、ご主人と話ができるかもしれませんよ」

「はい！」

充子の目に、輝きが戻っていた。

「——うん、いい話だ」

大津医師が楽しげに、「ここのコーヒーをおごろう。あんまり旨くはないが」

と言った。

3　新居

「たまたま車で、あの丘の上を通りましてね……」

と、明るいスーツの女性は言った。「そしたら、パッとあのマンションが目に飛び込んで来ましてね。ねえ、あなた？」

と、隣に座ったスーツ姿の男性の方へ甘えたような視線を向ける。

「さようでございますか！　それは運命的な出会いとでも申すものではないかと存じます」

不動産会社のその社員は、必死に作り笑いを続けていた。

「そう！　本当にそうなのよ！」

と、新居を探している、新婚早々のカップルは肯き合った。

「小高い丘に建つ、あのマンションが夕陽をバックにシルエットで浮んだ姿は、気高くさえあったわ！　それに眺めはいいしね」

「はあ、その点は保証付でございます」

「ねえ、あんな所に住めたらすてきね、って主人とも話してたの」

「でしたら、ぜひ――」

「ただね、ちょっと気になってたんだけど……」

「はあ」

「あそこへは、今のところバスも何も通ってないわよね。それに、マンションのそばに、コンビニもない。スタバもない」

「はあ……」

「当然、バスは運行する予定になってるわよね。そうでないと、あのマンションを売り出したりしないでしょ？　それじゃ、まるで詐欺ですものね、ホホホ……」

「あ……むろん、そのバスは近々通ることになっておりまして」

と、社員は早口に言った。「もちろんです、はい。それに、あのマンションの周辺も、これからどんどん開発されて、スーパーやレストランができる計画になっております！」

「まあすてき！　ぜひ、あのマンションを私たちの新居の第一の候補にしたいわ」

「それはもう……。ぜひとも私どもにお任せを――」

そこへ、事務服の女性が、

「お茶をどうぞ」

と、盆を手にやって来た。

「まあ、どうも」

お茶を飲みながら、若いカップルは、あの丘の上に作られる新しい町のプランに耳を傾けた……。

「――では、また父とも相談して、改めて伺いますわ」

二人は、不動産会社を出ると、五、六分歩いて足を止めた。

「まるでインチキね」

と、新婚夫婦の妻——実は町田藍が言った。

「そうだな。口から出まかせなのが見え透いてる」

と、夫役の君原が肯く。

「そうなると、どうしてあんな売れる見込みのない場所にマンションを建てたのか、ってことが問題ね」

と、藍は言ったが、「——あら、あの人。さっきお茶を出してくれた……」

事務服の若い女性は二人に追いつくと、

「お客様！　お話ししたいことが」

と、息を弾ませて言った。「あのマンションを買われてはいけません！」

藍は君原と目を見交わして、

「私たちも、ぜひあなたの話を聞きたいわ」

と言った……。


「じゃ、お二人はご夫婦じゃ……」

「職場の同僚」

と、藍は言った。「ちょっとわけがあって、あのマンションについて調べてるの」

「そうでしたか。——あんな所を気に入って買おうという人がいるんだ、とびっくりしていたんです」

〈H不動産〉の庶務、池本アンナは言った。

「あの人の説明はみんな嘘ね」

「そうなんです！　バスが通るなんて話、全くありませんし、スーパーだのレストランだの、誰も行かない所にできるわけがありません」

「確かにね、でも、ふしぎね。どうしてそんな所にマンションを建てたの？」

「それがよく分らないんです」

　と、池本アンナは眉を寄せて、「うちの社長はワンマンですから、突然何かとんでもないことを言い出すのはよくあることなんですけど。――でも、あのマンションに関しては、なぜあそこに建てるのか、全く説明もなくて。あんなの、丸々損するって分ってるのに。みんな首をかしげてます」

「あそこに建ってた民家で殺人事件があったこと、知ってる？」

「聞いたことあります。私の入社前ですけど」

「そこの地主さんの希望でマンションにしたってわけじゃないの？」

「それなら、土地の契約とかで、社員に分ると思うんですよね。でも、あそこは社長が自分で土地を買ってるんです」

「自分で？」

「ええ。それも社長個人のお金で。妙ですよね」

「何かよほどの理由があったのね」

「それが……。あるとき、会社に刑事さんがやって来て」

「刑事？」

「社長に会いたい、と言って。二人きりで話してました。私、お茶を出したんですけど、凄く変な雰囲気でした」

「どういう風に？」

「社長は真青になってて、刑事さんの言いなりになってる様子でした。具体的な話は、もちろん聞いてませんが、あのマンションを建てる話になったのは、そのすぐ後です」

藍は少し考えていたが、

「――その刑事さんの名前、憶えてる？」

と訊いた。

「聞いたんですけど、何だったかなあ……」

と、必死に考えている。

「もしかして、蔵本っていわなかった？」

「そう！　そうです！　蔵本さんだわ。大蔵省みたいな名前だな、って思ったの、憶えてます」

――村上隆二を逮捕し、自殺へ追い込んだ刑事が、〈H不動産〉の社長に何を話しに行ったのだろう？

「おたくの社長さんは、八田さんというんだったわね」

「はい、八田邦彦といいます」

「社長さんにも話を聞かなきゃね。あ、でももちろんあなたから色々聞いたってことは、黙ってるから心配しないで」

「ありがとうございます」

池本アンナはそう言ってから、「でも、もし必要なら、私の名前を出して下さって構いません。社長は少なくとも、公にできないような後ろ暗いことをやってるんだと思います。私、共犯者になりたくありませんもの」

そのきっぱりとした言い方に、藍は感動して、胸が熱くなった……。


「八田恵(めぐみ)？　うん、知ってる」

と肯いたのは、遠藤真由美(えんどうまゆみ)。

〈すずめバス〉の常連客で、藍の大ファンでもある、十七歳の高校生。

「知ってるの？　良かった！」

調べてみると、〈H不動産〉の八田社長の娘が、真由美と同じ高校に通っていたのだ。

「一年上だけどね」

「高三ってことね。ちょっと話を聞きたいの。連絡取ってみてくれない？」

藍の方から、「お客様」である真由美に頼みごとをすることは珍しい。

「何かお礼があるかな？」

と、真由美はいたずらっぽく言った。

「うーん……。アンミツ、もう一杯おごるけど、どう?」

二人は、真由美の学校帰り、甘味の店に入っていた。

「冗談よ」

裕福な家の娘である真由美だ。それに、藍の頼みなら、喜んでやってくれるはずだが……。

「でも、八田恵はもう学校にいない」

と、真由美は言った。

「いない?」

「退学になったの」

「まあ、どうして?」

真由美は一杯目のアンミツを食べながら、

「表向きは、当人の健康上の問題ってことになってる」

「本当は?」

「みんな知ってるわ。やばいクスリをやったのよ」

「へえ……」

「もともと、夜遊びしてたけど、手入れが入ったカフェで、仲間たちと覚醒剤をやってたの」

「それじゃ退学になるわね」

「でも、当人が、そのとき初めてで、それが何だか知らずに使ってたって言い張った。警察も、その言い分を信じたらしくて、見逃してくれたんですって」

「どこか引っかかるわね」

「ねえ？　裏で相当お金が動いた、って、もっぱらの評判」

「つまり、彼女のお父さんが、ってことね」

と、藍は肯いて、「じゃ、今、恵さんはどこにいるか分らない？」

「はっきりは知らないけど……。見当はつくわ」

「教えてちょうだい」

と、藍が身をのり出す。

「その代り、どういう事情か、全部教えて。それと、次の〈幽霊ツアー〉は私だけの独占にさせること」

「真由美ちゃん……」

「ま、藍さんをいじめても面白くないしね」

と、真由美は言った。「でも、用心棒を連れてった方がいいわよ」

「腕っぷしの立つ男？　そんなに危い所なの？」

と、藍は目を丸くした。

4　後悔

にぎやかな歌声が聞こえてくる。

藍はちょっと意外な気がして言った。

何だかカラフルな色に塗られたその建物には〈よい子保育園〉という看板が出ていた。

「〈保育園〉？」

「そう」

と、真由美は肯いて、「八田恵さん、ここで働いてるの。保育士さんね」

「何だ。それでどうして用心棒がいるの？」

藍は、ドライバーの君原を呼び出して、連れて来ていた。

「今に分るって」

真由美が正面の扉を開けて入って行くと、子供たちの歌声は一段とにぎやかになった。

「——恵さん！」

と、真由美が手を振ると、可愛(かわい)いピンクのエプロンをした少女が、びっくりしてやって来た。

「真由美ちゃんじゃないの！　どうしてここへ？」

「恵さんに会いたい、って人が」

爽やかな印象の子だった。

「あなたが町田藍さんですか。いつも真由美ちゃんから話を聞いてます」

「今は忙しい？」

「もう少し待ってね。そろそろ人手が増えるから。——どうぞ上って下さい」

「失礼します」

藍たちがスリッパをはいて、廊下を進んで行くと、

「お兄ちゃんだ！」

と、一人の子が君原を指さして言った。

面食らっている君原の周りに、アッという間に子供たちが集まって来て、

「お兄ちゃん、遊ぼう！」

「ね、こっち来て！」

と、君原は子供たちに引張られて、奥の部屋へ連れて行かれてしまった。

「男の人が来ることって珍しいんで、みんな遊んでほしくて集まっちゃうんです」

と、八田恵は言った。

少しして、保育士さんが二人出勤してくると、恵は入口近くのスペースの椅子にかけて、

「私にご用って……」

「実はお父様のことで、ちょっと伺いたいので」

と、藍は言った。

簡単に事情を説明すると、

「お父様が、蔵本という刑事の言うことを聞かなきゃならない理由に、何か心当りはないかしら？」

恵は少し目を伏せがちにして、

「それはきっと私のせいです」

と言った。「蔵本っていう人は知りませんけど、たぶん私のことを他の刑事から聞いて」

「どんな事情があるの？」

「私――お聞きでしょうけど、覚醒剤をやっていて捕まりました。母が亡くなった後、父は若い愛人を作ったりして、私は反発して家に帰らず、悪い仲間と遊び歩いてました。覚醒剤も、捕まったとき初めてじゃありませんでした。ただ、ひどい状態になる中毒の人を見ていたので、怖かったから、量は少なかったんです」

と、恵は言った。

「でも、供述では――」

「ええ、そうです。私、嘘をつきました。そして、父が必死に裏で色々手を回してくれたんです」

と、恵は言った。

そこへ君原が、

「やれやれ」

と、くたびれた様子でやって来た。

「お疲れさま」

と、藍は言った。

「いや、子供のエネルギーってのは凄いもんだね」

と、汗を拭って、「一日中、あの子たちの相手をしてるんだね？　尊敬するよ」

しかし、恵は藍の話に、じっと考え込んでいた。そして、目を上げると、

「私、ずっと父と会ってないんですけど、会いに行きます。そして、蔵本っていう刑事と何があったのか、訊いてみます」

「訊いても、お父様は本当のことはおっしゃらないでしょう」

と、藍は言った。「話を聞くべき人は三人いる。一人はあなたのお父様の八田社長さん。そして蔵本刑事。それから唯一の目撃証言者だった、大塚真由さん……」

「藍さんが訊いたら、話してくれるかしら?」

と、真由美が言った。

「たぶん無理でしょうね。でも、放っておけば、村上隆二さんは殺人犯の汚名を着せられたままになってしまうわ」

「じゃ、どうするの?」

藍は少しためらったが、

「——恵さん。事の真相を明らかにすると、あなたの今の立場にとってはうまくないことになるかも……」

「構いません」

と、恵はためらわず言った。

「じゃ、お願いしたいことが」

と、藍は言った。

「もしかして、お得意のツアー？」

と、真由美が身をのり出す。

「どうして分るの？」

「私、藍さんのツアーに、どれだけ付合って来たと思ってるの？」

と、自慢げに、「私、いつもの常連客を集めてあげようか」

「じゃ、お願いするわ」

と、藍は苦笑して、「でもちゃんと料金はお支払いいただきます、って付け加えておいてね」

話を聞いていた恵が、

「ツアーって……」

「〈すずめバス〉独占企画！〈あなたも死者の霊に会える！〉。〈町田藍と行く、幽霊体験ツアー〉のことよ！」

と、真由美がPRよろしく宣言すると、「一生忘れられない経験になるわよ」

「じゃ、私も一緒に？　楽しみだわ」

「このツアーは、楽しいだけじゃないのよ」

と、藍は言った。「時には辛いことも、自分にうち勝たなきゃならないこともある。——でも、きっとあなたなら大丈夫ね」

藍は、自分の過去を心から悔いている恵の姿に、胸の熱くなる思いだった……。

5　白い闇

玄関のドアを開けると、

「――何だ、お前か」

と、蔵本は言った。

「お久しぶりですね、刑事さん」

と、女は入ってくると、「マンションったって、誰か住んでるの？　気味悪いくらい静かね」

「ともかく、この最上階の部屋だけは家具が入ってる」

と、蔵本は居間へ戻ると、「いい加減酔ってるな。酒くさいぞ」

「でも、あるんでしょ、お酒？　一杯飲ませてよ」

「勝手にグラスを出して飲め」

蔵本はソファにぐったりと沈み込むと、「くたびれてるんだ。もう若くない」

「でも――ウイスキー？　高級品ね」

と、大塚真由はグラスに注いで一気に飲み干すと、「――どういうこと？　こんな所に呼び出して」

「呼んだのは俺じゃない。八田って、このマンションを建てた男だ」

「びっくりしたわ。昔の家が消えてなくなって、こんなもんが建ってるんだもの」

大塚真由はソファに寝そべった。

「おい、一流クラブでそんな格好してるのか？」

「よしてよ」

と、真由は苦笑して、「もうとっくにクビよ」

「何だと？」

と、蔵本は眉をひそめて、「ちゃんと言い含めといたぞ」

「そうね。――あんたに言われる通りに、あの村上って人が松田さんの家から逃げてくのを見たって証言してあげた。タダでね」

「金なんかない。その代り、駅前の潰れかけたバーから、銀座のクラブへ出世できただろ」

「初めの内は大事にしてくれたわよ。でも、オーナーが代ったの。そしたら、勉強が足りない、マナーがなってない、って毎日怒鳴られて、アッという間にクビよ」

「そいつは気の毒だったな。しかし、お前が努力しなかったからだ。自業自得だろ」

「あんたに連絡取ろうとしたわ。でも、私の電話も伝言も無視したでしょ」

と、真由は蔵本をにらんだ。

「忙しかったんだ。いつまでも相手しちゃいられない」

と、蔵本は息をついて、「それに、このマンションを建てさせるのにも苦労したんだ」

「あんたが建てさせたの？　どうして？」

「村上の女房だ。村上充子といったかな」

「その女がどうしたの？」

「気が付いたのさ。お前の家から、松田の家に出入りする人間は見えないってことに」

「――それで？」

「まあ、村上は死んだ。女房も諦めるだろうと思ってたが、どうやら、また弁護士と話したりし始めたんだ。――今はＳＮＳとかで発信されることがあるからな。もうここにあった三軒はみんな空家になってたから、全部取り壊してマンションを建てさせたのさ」

「呆れた。でも、誰も入居してないじゃないの」

「当り前だ。バスも通ってない、こんな所に誰が住む？」

「でも、その人――八田っていうの？　物好きだわ。どうしてこんな物、建てたの？」

「それにゃ、俺もちょっと苦労したんだ」

と、蔵本は言って、欠伸すると、「八田の奴、ここへ呼んどいて何だ。待たせやがって」

と、文句を言った。

「――お待たせしました」

突然声がして、居間からベランダに出る側のカーテンが左右へ開いた。

蔵本は目を丸くして、ベランダからゾロゾロ入って来る人々を眺めていた。

「〈すずめバス〉の〈冤罪真相究明ツアー〉へようこそ」

と、藍は言った。

「何よ、これ？」

と、真由が呆然としている。

「刑事さん」

と、村上充子が進み出て、「村上の妻です。今のお話、しっかり聞いていました」

「あんたの計画か？　馬鹿馬鹿しい！」

蔵本は吐き捨てるように言うと、「今さら何だというんだ！」

「夫の無実を立証します。この人の偽証で、夫は罪をかぶったまま死んだんです」

「私のせいにしないでよ！　刑事さんに言われりゃ、いやとは言えないでしょ」

「ひどいことを」

と、藍は言った。「罪のない一人の人間を死へ追いやったんですよ」

「知るか。――有罪にしたのは裁判官だ。そっちを恨むんだな」

「私は八田恵です」

と、恵が言った。「父と話して、事情を知りました。私が覚醒剤をやっていたことで、父を脅して、このマンションを建てさせたんですね」

「脅して、だと？　――お前の親父(おやじ)も叩(たた)けば埃(ほこり)の出る奴だ。警察に協力しとけば、後でいいこともあると計算したんだ」

蔵本は立ち上ると、「こんな遊びに付合ってられるか！　帰るぞ」

「待ってよ！　私も一緒に」

と、真由があわてて蔵本について玄関へ出る。

蔵本と大塚真由は、廊下へ出たが――。

「おい！　これは……」

廊下に煙が立ちこめている。

「火事？　いやだ！」

「中へ戻ろう」

ドアを開けて中へ入ると――すべての明りが消えて、真暗（まっくら）になった。

「ふざけるな！」

と、蔵本は怒鳴った。「警察にこんなことをして、ただじゃすまないぞ！」

すると、闇の中に、どこからともなく、白い霧が流れ込んで来ると、部屋一杯に広がって、何も見えなくなってしまった。

「蔵本さん！　どこ？」

真由はその場に座り込んでしまった。

真暗なはずなのに、蔵本は一本の手が伸びて来るのを見て、ギョッとした。

その手は、一枚の名刺を持っていた。

「こういう者です」

と、男の声がした。

受け取った蔵本は、その名刺を見た。村上隆二。村上を犯人に仕立てるきっかけにした名刺だ。

「何だというんだ！」

と、蔵本は大声で言った。「俺が正義なんだ！　警察は間違えない。そうだとも！　一旦逮捕したら、何が何でも有罪にする。それが警察の権威ということなんだ！」

するとその白い霧が、突然凍るような冷気になって、蔵本を包んだ。

「おい！　寒いぞ！　どうなってる！　凍えちまう！　やめてくれ！」

蔵本は必死で歩き回ったが、吸い込んだ冷気で体がどんどん冷たくなって行った。

「お分りですか」

と、村上の声が言った。「これが死の世界です……」

「寒い……。もう……動けないぞ……」

蔵本はうずくまって、凍りつくままに動けなくなった……。


「どうしたんです、こんな所で？」

と、声がした。

蔵本は顔を上げた。——明るくなっていた。

藍と村上充子、そして八田恵が立っていた。マンションの外だ。

「貴様……。何をした！」

と立ち上ろうとして、よろけて地面に座り込んでしまう。

「何もしませんよ」

と、藍は言った。「お二人は部屋を出て行って、戻りませんでした」

「何だと?」

「ツアーのお客様たちと、その後、引き上げたんです。でも、車がそのままなので、心配になって、捜してたんですよ」

「そんなわけが……」

「でも、おかげさまで、夫と話ができました」

と、充子が言った。「あの部屋に、やって来てくれたんです。皆さんの前で、私はあの人の手を握りました。——亡くなっているのに温かい手でした」

地面で気を失っていた大塚真由が、やっと起き上って、

「ここ……。どこなの?」

「元の松田さんの家のあった所です」

と、藍が言った。「八田さんが教えてくれましたよ」

「私……ごめんなさい」

と、真由は涙を拭うと、「どうしてあんなひどい嘘をついたんだろ……。でも、ずっと気になってたんですよ……」

「今からでも、本当のことを言って下さい」

と、充子が言った。「あの人を安心させてあげたいんです」

「ええ……。もう遅いけど……」

「死んだ人は帰って来ません。その事実は、あなたが一生負って行くんです」

と、充子は言った。

「ともかく……俺は帰るぞ」

よろけながら蔵本は、自分の車の方へと歩き出した。

「待って……。乗せて行って」

と、真由がすがるように追いかけて行く。

「――町田さん、ありがとう」

と、充子が言った。「私、夫のために、無罪を勝ち取るまで頑張ります」

「何かお手伝いできることがあったら、言って下さいね」

と、藍は言った。「――あら、真由美ちゃんからメールだわ」

メールを読んで、藍は、

「村上さん！」

と、声を弾ませた。「今、メールが来て、ニュースが入ったそうです。強盗で捕まった男が、あの事件の犯人だと自供したそうですよ！」

「まあ……」

「良かったですね！」

と、恵が充子の手を握った。

「――そうですね。冤罪って、本当の犯人を野放しにすることでもある。二重に罪深い過ちですね」

と、藍は言った。

蔵本たちの車が走り出して見えなくなると、入れ違いに、〈すずめバス〉が客を降ろしてから迎えに来た。

「まあ、やっぱり」

バスの窓から手を振っている真由美を見て、藍は苦笑した。

「何か落ちてますよ」

と、恵が拾って、「村上さん、これ……」

「え？」

名刺だった。——充子はそれを見て、

「まあ！　あの人の名刺だわ！」

と、手に取ると、「まだ温かい……。嬉しいわ！」

そして、名刺の裏を見ると、充子はちょっと笑って、

「あの人のメモが。〈名刺はむやみに渡すもんじゃない〉ですって！」

バスのドアが開き、ドライバーの君原が、

「大丈夫だったのか？」

「ええ、無事よ」

と、藍は言って、「さあ、どうぞ」

と、二人を先に乗せた。

〈すずめバス〉はUターンして、丘の下へと道を辿って行った。

「――事故かな」

と、君原が言った。

「あの車……」

と、充子が言った。「蔵本さんたちの……」

歩道に乗り上げて、車は炎を上げていた。

炎は黒い煙となって広い青空へと立ち上って行った。

雪の中のツアーガイド

1　白い迷路

「〈後悔先に立たず〉ってのは、こういうことを言うんだな……」

古田良和は、切羽詰まっているときに限って、こういう何の役にも立たないことを言うくせがあった。

今はそれこそ、「そんな呑気なことを言ってる場合じゃない」と、彼も分ってはいたのである。

今、古田は「死」に直面していた。といっても、ギャングに銃を突きつけられていたわけでも、嫉妬に狂った女性が刃物を手に迫っていたわけでもない。

大体、そんなにもてない。

今、古田の目の前にあるのは、ただ白一色の世界。視界を埋め尽くす雪だった。

下半身が完全に雪に埋もれて、もう一歩も進めない。そして、吹きつける凍るような風は、古田から、すでに「寒い」という感覚さえ奪いつつあった。

畜生。どうしてこんなことになっちまったんだ？

いや、人のせいにするわけではない。

大雪になるという予報で、山小屋に避難していた数人の登山客からは、

「やめといた方がいいよ」

と言われていた。

しかし、古田は、

「いや、今夜中に山を下りないと」

と言い張ったのだ。「明日は昼から大切な会議があるんでね」

命とどっちが大事？　——口には出さねどそう思っている人たちの、半ば呆れた視線に送られて、古田は山小屋を出て来た。

だから、そういう事態になったのは、誰でもない、自分のせいであることは分っていた。

それでも、古田は一応地図を持っていた。そこに赤いサインペンで、下りのルートを描き込んであった。

雪はどんどんひどくなったが、道さえ間違えなければ、時間はかかっても何とか下り切れる——はずだった。

ところが、どこでどうなったのか、道はどんどん深い谷の中へと入って行き、降り積った雪で、どこが道なのか、まるで分らなくなってしまった。

そして、身動きが取れなくなり、次第に頭がボーッとして来て、「後悔先に立たず」のセリフになったというわけだった。

もう夜になっているだろうが、雪のせいで辺りはよく見える。しかし、見えたところで……。

このまま……眠くなって死ぬのか。

古田良和、四十歳を目前にして、雪山に果てる、か。——ここに俺の銅像が……。できるわけないよな。

何も大したことはしてないんだから。

そして、いささか古田にとって不名誉だったことは、死にかけたとき、頭に浮んだのが、妻の敏子のことでも、七つになる一人娘のあかりのことでもなかったということだろう。

「うん……。うなぎが食いたい……。ステーキが食いたい……」

と、もつれた舌で呟いていると——。

「何やってんの！」

と、いきなり怒鳴られたのである。

「——え？」

目をこすると、目の前に赤いスキーウエアの女性が立って、古田をにらみつけている。

何だ、これ？　幻か？

「昔から、あなたはすぐ諦めるからだめだったのよ！　テストだって、ちょっと分んないと、すぐ放り出してたわ」

「あの……君は？」

と、古田は訊いた。

「忘れちゃった？　もう記憶力も減退して来たのね」

「え……。待てよ、君……。もしかして……」

「思い出した？　佐木ひとみよ。高校で一緒だったでしょ」

そう。確かに、高校で「マドンナ」扱いされていた、佐木ひとみだ！

「どうしてここに……」

「私、雪山ガイドなの」

「ガイド？」

「ついてらっしゃい！　そのままじゃ、十分としない内に死ぬわよ！」

「でも……動けないんだ。雪にスッポリはまっちゃって……」

「その気になれば動けるわよ！　私の後をついてらっしゃい！」

「おい待って……。でも……」

ふしぎなことに、足が動くようになっていた。雪が足の下で踏み固められたかのようで、一歩一歩、しっかりと前に進んで行く。

「本当だ！　歩けるぞ！」

「だから言ったでしょ。要はやる気と根気よ」

しかし――どうして佐木ひとみがこんな所にいるんだろう？

同級生だったのだから、彼女も三十九になっているはずだ。――若々しいその姿は、どう見ても三十そこそこだが。

雪はいつの間にか止んで、古田は必死でひとみの後をついて行った。

「――もう少しよ」

と、ひとみが励ます。

「うん……。だけど……どうして僕がここにいるって分ったんだ?」

「そりゃ、ガイドだもの」

と言って、「ほら、そこの雪の盛り上ってる所。それを真直(まつす)ぐにかき分けて行くと、山の下へ出るわ」

「ありがとう。でも、君は?」

「私、他にも案内しなきゃいけない人がいるの」

「こんな雪の中で?」

「何よ、他人事(ひとごと)みたいに」

と、ひとみは苦笑して、「さ、そこを左右へ分けて」

「うん。どうもありがとう。——ワッ!」

雪が積っていると思えたのに、腰ほどの高さの茂みで、かき分けて一歩踏み出すと——足下には何もなくなった。

古田は声を上げる余裕もなく、急な斜面を転り落ちて行った。

どうなってるんだ! 結局俺は死ぬのか?

雪まみれになりながら、一体何回転っただろう。

突然、古田は平らな地面に投げ出されていた。——え? どこだ、ここ?

頭がクラクラする。体を起こしたとたん、耳をつんざくようなクラクションが鳴って、ギョッとして振り返ると——車のライトが、目の前に迫っていた。

よけることなど思いもしないで、

「ワーッ！」

と叫び声を上げると、車は急ブレーキをかけて、古田からわずか二、三十センチの所で停った。

え？　ここって……。

キョロキョロと周囲を見回すと、そこは自動車道路の真中(まんなか)だったのである。

「おい！　大丈夫か？」

車は大型のトラックだった。運転席から降りて来た男が、雪まみれの古田をライトの明りで見て、

「どうしたんだ？　雪ダルマの仮装でもしてたのか？」

と言った。

「いや……。危うく山の中で遭難するところだったんだ……」

「トラックにひかれるのとどっちが危なかったかな。しかし——ひどいなりだな。乗りな。次の町まで乗せてってやるよ」

「ありがとう……」

古田は、ともかく体の雪をできるだけ払い落として、トラックに乗った。運転手にお尻を押してもらわないと、座席まで上れなかった。

ともかく——俺は助かったんだ。

古田はトラックが走り出すと、すぐに眠り込んでしまった。

目を閉じた暗がりの中で、佐木ひとみが、赤いスキーウエアで、ニッコリ笑って手を振っていた……。

そして……。

目をさますと、そこは病院のベッドの上だった。

え？　いつの間に？

ポカンとしていると、

「あなた！」

と、聞き慣れた声が降って来た。

「お前……。どうしたんだ？」

「どうしたじゃないでしょ！」

と、妻の敏子がにらみつけて、「病院から連絡があって、びっくりして飛んで来たのよ」

「そうか……」

「体が冷え切って、下手すりゃ死んでたそうよ。あなたを乗せたトラックの運転手さんがこいつは危いと思って、この病院へ運んで来てくれたの」

「そうか……。トラックに乗ったところまでは憶えてるんだが……」

古田は天井を見上げて、「礼を言わなくちゃな」

「トラックの人？　でも、名前も何も言わないで、『先を急ぐんで』って、行っちゃったそうよ」

「そうか……」

と、古田は小さく肯いて、「そうだ。それと彼女にも……」

「誰のこと？」

「道に迷って……。雪に埋って死にかけたんだ。そこへ彼女が現われて、案内してくれた」

「彼女って誰なの？　地元の人？」

「いや……。同じ高校の……」

「え？」

「ああ、お前も知ってただろ？　お前は一年下だったけど、俺と同じクラスだった、佐木って。

――佐木ひとみって子を」

「あなた……。何言ってるの？　夢でも見たんじゃないの？」

「うん……。俺もあれが現実だったのか、自信がないんだけどな」

「いくら何でも、そんな雪山で、昔の彼女が都合よく現われるわけないじゃないの！」

「まあな……。おい、『昔の彼女』って言ったか？　俺は佐木ひとみと付合ったことなんかないぞ」

「どうでもいいわよ。二十年以上も前の話じゃないの。――私、あかりをお義母（かあ）さんに預けて来てるから……」

「ああ、心配かけてすまん。お袋にも大丈夫だと言っといてくれ」

「いいけど……。自分で言えば？」

敏子はベッドのそばのテーブルにケータイを置いた。「これ、ちゃんとポケットに入ってたそうよ」

「そうか……。あの山の中じゃ、まるで通じなくて、頭に来て放り投げたような気がするけど。――もう帰るのか」

「今夜はこの近くのホテルに泊るわ。明日、着替えとか持って、もう一度来る。三、四日入院した方がって話だから、退院できるって連絡があったら迎えに来るわ」

「うん。よろしく頼む」

古田は深く息をつくと、「いてて……。胸が痛いや、呼吸すると」

「肋骨(ろっこつ)にひびが入ってるそうよ。自然に治るって言われたわ」

「そうか。しかし――一歩間違ったら、お前にもあかりにも、もう会えないところだったんだな……」

「何よ、急にしみじみしちゃって」

と、敏子は苦笑して、「今、何か欲しいもの、ある？」

「それじゃ……。コーヒーの自販機、あるか？　思い切り甘くして飲みたい」

「下にあったと思うわ。探してくる」

「ああ……」

古田は少し疲れたように目を閉じた。

――敏子は財布を手に、病室を出た。

「馬鹿げてるわ……」

と、敏子は呟いた。

佐木ひとみですって？　――その名を聞いたとき、敏子が一瞬青ざめたことに、夫は気付いただろうか。

佐木ひとみが案内してくれた？　そんなわけ、ないじゃないの！

彼女は死んだ。――佐木ひとみは、ずっと前に死んだのだから……。

2　遠い旅

「ありがとうございました」

町田藍は、先にバスを降りて、いつも通り降りて来る客の一人一人に頭を下げた。

「今日は出なかったね」

と、降りて来たのは、〈すずめバス〉の常連客、高校生の遠藤真由美である。

「そんなにいつも……。それに今日はそういうツアーじゃないわよ」

と、町田藍は言った。

「分ってる。私、藍さんの姿を見てるだけで満足なの」

「毎度どうも」

すっかり仲のいい二人である。

真由美は〈すずめバス〉でしか体験できない〈幽霊と会えるツアー〉のマニアなのだが、いくら藍でも、そう毎回幽霊と会えるわけじゃないので……。

「でも、藍さん。特にお話のある人がいるみたいよ」

と、真由美が言った。

「え？」

振り向くと、早めにバスを降りていたスーツ姿の男性が、ちょっと遠慮がちに立っている。

「どうも、お客様――古田様でしたか」

「そうです。古田良和といいます」

と、男はホッとしたように、「実は町田さんのことを人づてに聞いて、ぜひ一度お話ししたいと
……」

「そうですか。見学中も、あまりご関心なさそうだな、とは思っていました」

「ぜひ少しお時間を……」

「はあ。ただ、バスは営業所へ戻らなくてはならないので」

と、藍は言ったが、「――分りました。どこかでお待ちいただけますか？」

「もちろんです！」

と、古田は肯いた。

「私、付合ってあげようか」

「真由美ちゃん！　真直ぐ帰りなさい！」

「あ、大切なお得意さまに、そういう口をきいていいの？」

それを聞いて、藍はふき出してしまった。

「それに——おじさん、結婚してる？」

と、真由美は古田に訊いた。

「うん、してるよ」

「じゃ、やっぱり、藍さんと二人きりで会ってたりしたら誤解されるわよ。第三者が一緒にいた方がいい」

「女子高生と？　そっちの方が誤解されそうね」

と、藍は言った。「でも、一人より二人でお話を伺う方がいい場合もあります。じゃ、この遠藤真由美ちゃんとお待ちになっていて下さい」


一時間後、ちょうど夕食どきになっていたので、藍たちは洋食屋で食事をとることになった。

食事しながら、古田の雪山遭難未遂（？）事件の話を聞いて、藍は言った。

「——よく無事に生還されましたね」

「全くです。今考えると、翌日の会議なんてどうでも良かったのに。日本のサラリーマンは哀しいですね」

「で、そのときにあなたを救ってくれた人が——」

「そうなんです。本当にふしぎで……」

「藍さんの得意分野だわ」

と、真由美が言った。

「本当に、その佐木ひとみさんがそこに現われたということはあり得ないんですね？」

「そのはずです」

「というと？」

「佐木ひとみは十年前に死んでいるんです」

「それはどうして……」

「そこが気になって仕方ないんですが……。彼女は僕が遭難しかけた、あの山で、事故死したんです」

と、古田は言った。

「じゃ、やっぱり――」

と、真由美が言いかけるのを、藍は止めて、「軽々しく結論へ飛びついてはだめ」

と言った。「そのことは、雪山で出会った時に知っていたんですか？」

「いいえ。全く知りませんでした」

と、古田は首を振って、「高校を出て、もう二十年です。その間、佐木ひとみのことは思い出しもしませんでした」

「ということは、つまり――」

と、藍は食事を終えて言った。「あなたが雪山で会ったのは、佐木ひとみさんの幽霊だった、と？」

「それを確かめていただきたいのです」

と、古田は言った。

「確かめる、というのは……」

「彼女の死体は見付かっていないんです」

話の展開に、真由美の目が輝いていた。


「町田君」

出勤した藍を、社長の筒見が呼んだ。

「はい？」

藍は筒見の机の前に立つと、「何でしょうか？」

「うん……。いや、〈すずめバス〉としては、君の仕事ぶりに大変助けられている。それは事実だし、感謝もしている。しかしだな……」

筒見はしかめっつらになって、「だからといって、客との間に、不適切な関係を持つことはどうかね」

藍は啞然とした。

「社長。私がそんな職業倫理に外れたことをする人間だとお思いなんですか？」

と、できるだけ冷静に、「そういう事実があるとおっしゃるのなら、その根拠を教えて下さい」

「いや、もちろん、私も君のプロとしての意識の高さを分っているつもりだ。ただ、ある乗客の奥さんから、夫と町田藍の関係について、抗議の手紙が来ている」

「それは——もしかして、古田さんという方では？」

「君、やはりその男性客と——」

「ご相談に乗りました。でも、奥様に疑われるようなことはありません」

「しかし……二人きりで会っていたとなると、やはり……」

「二人きりではありません。うちの一番のお得意様が一緒でした」

藍の説明に、筒見は安堵(あんど)した様子だったが、

「——向うは我が社を訴える、とまで言ってるんだ。君、何とか穏便にだね……」

「そういうことですか」

訴える、という言葉に、〈すずめバス〉のような弱小企業は弱いのである。

「分りました」

ともかく、社長などというのは、気が小さいものなのである。


その日、ツアーを終えて営業所（兼本社）に戻った藍は、営業所の入口の辺りに立っている古田を見て、心配になった。

バスを降りて、

「古田さん！」

と、呼びかけると、

「ああ……。良かった！　お会いできるかどうかと思って……」

と、古田が息をつく。

「どうなさったんですか？」

「実は……家内が家を出てしまったんですよ」

藍も、すぐには話ができず、社長の筒見はもう帰ってしまっていたので、ともかく営業所の中で待ってもらうことにした。

「すみません。バスをすぐ洗わないと、泥や汚れが落ちなくなるので」

「そうですか。お忙しいのにすみませんね」

「いいえ。ちょっと、その辺に座って、お待ちになってて下さい」

藍がホースで水をかけながら、タイヤや車体に付いた泥を洗い落としていると、

「お手伝いしましょうか」

と、いつの間にか古田がワイシャツ姿に腕まくりをして立っている。

「とんでもない！」

と、あわてて古田を営業所の中へと押し戻す。

笑い声がした。――見れば、遠藤真由美が学校帰りのセーラー服に鞄を持って立っている。

「笑いごとじゃないでしょ。じゃ、古田さんにお茶でも出してあげて」

「了解！」

何しろ、我が家のごとく出入りしているので、どこに何があるか分っている。

藍が汗を拭きながら、営業所へ入って行くと、古田と真由美が楽しげにおしゃべりしていた。

「そんな呑気なことでいいんですか?」

と、藍は言った。「奥様から、〈すずめバス〉を訴えると言って来られたようで」

「全く……、どうしてああむきになっているのか」

と、古田はため息をついた。

「奥様、ご実家にでも?」

「ええ。娘を連れて帰っています。——どういうわけか、町田さんと会っていたことが知れたらしくて」

「私とのことは口実でしょう」

と、藍は言った。「おそらく、奥様が気にしてらっしゃるのは、亡くなったはずの佐木ひとみさんのことだと思いますよ」

「やはりそうでしょうか」

「というと、古田さんも思い当ることが?」

「どうも、家内は、佐木ひとみと僕が親しかったと思い込んでるようなんです」

「本当のところは……」

「佐木さんは人気者で、クラスでも——いや、他の学年でも、彼女に憧れてるのがいくらもいましたよ。僕はとても……。遠くから眺めているだけでした」

「でも、奥様は気になさってたんですね。それは古田さんのことが好きだったから、佐木ひとみさんに取られたらどうしようという気持だったのでは?」

「そんなこと、あるのかな……。家内とも特に付合っていたわけではなくて、大学生のとき、たまたまコンサートの会場でバッタリ会ったんですよ」

藍は真由美と目を見交わした。——それはおそらく、夫人の敏子が偶然を装って、ちゃんと会えるように計画していたのだろう。

しかし、古田の方はおよそそんなことは考えてもいないようだ。

「——いかがでしょう」

と、藍は言った。「こうなったら、佐木ひとみさんの亡くなった事情を、詳しく調べてみませんか？」

「はあ……。しかし、どうやって？」

「その山に登るんです」

「山登りツアー？」

と、真由美が目を丸くする。

「バスじゃ行けないでしょ。でも今は冬じゃないから、雪で遭難することはないわ」

「じゃ、行ってもいいわ。でも、ツアーの他の常連さんたち、どうかしらね」

と、真由美は言った。「でも、ひとみさんの幽霊に会えるかもしれないと思えば、みんな来るかも」

「一応、声はかけてみるわ。でも、今は新緑の季節で、木や草は生い繁(しげ)っているでしょうから、それなりに大変よ」

「平気！　若いんだもの、私！」

と、真由美は得意げに言った。

すると――。

「失礼ですが……」

と、営業所の戸口に、背広姿の男性が立っていた。

髪がほとんど白くなった、七十近いかと思えるその男性は、

「はい、何かご用でしょうか？」

「こちらに町田さんというバスガイドさんはおいでかな？」

と言った。

「町田は私ですが」

「そうでしたか！　いや、突然お邪魔して申し訳ない」

「いえ、何か私に……」

「お話し中のようですみません。私は丸山正人という者です。実は、谷口敏子に頼まれまして……」

すると、古田が目を丸くして、

「丸山先生！」

と言った。「高校のとき……。谷口は家内の旧姓です。僕は古田です」

「ああ！　そうか。君の奥さんだったな、谷口君は」

「でも、どうして丸山先生が……」

「もうじき七十だ。とっくに先生は辞めたよ」

「でも、先生はいつまでも先生ですよ」

と、古田は言った。「敏子が先生に？」

「うん。二、三年前に同窓会の用事で、君の奥さんに連絡したことがあったんだ」

「そういえば……。敏子がいつかそんな話をしてました」

真由美が気をきかせて、「丸山先生」にお茶を出す。

「や、こりゃどうも。――谷口君、いや君の奥さんが、私に電話して来て、〈すずめバス〉の町田藍というガイドさんに会って来てほしいと頼まれたんだ」

「それはすみません。ちょっと敏子とは今、ギクシャクしていまして……」

「私にお話というのは？」

と、藍が訊くと、

「それが……。どうも要領を得んのですがね。亡くなった佐木君がどうとか……」

「佐木ひとみのことですね」

と、古田は言った。「実は、この間、ふしぎなことがありまして……」

古田が雪山で、佐木ひとみと会った話をすると、丸山は、

「それは奇妙だね。確かに、その山で佐木君は行方不明になった」

「その事情をご存じですか？」

と、藍は訊いた。

「いや、私も人づてに聞いただけですが、彼女は勤め先の同僚の女性と二人であの山に登ったとき、雷雨にあって……」

「雨ですか」

「岩場で、足を滑らせ、下の急流に転落したそうです。大雨で流れは濁っていて速く、捜索したが見付からなかった、と聞きました」

「それは十年ほど前ですね？」

「そう……。十年になるでしょうかな」

と、丸山は肯いた。

「佐木さんは独身だったんですか？」

「それが……。結婚を控えていた。その事故のひと月後に結婚するはずでした」

と、古田は言った。「敏子は知ってたのかな」

「知りませんでした」

「丸山先生はどうして結婚のことをご存じだったんですか？」

と、藍は訊いた。

「仲人を頼まれとったんです」

「なるほど」

「私も、佐木君とは何年も会っていなかったので、どうして私に、と思いましたがね。しかし、おめでたい話だし、お引き受けしたんです」

と、丸山は言って、「それで……町田さんが、佐木君を見付けてくれるかもしれない、と、谷口君が言ったんですよ」

「敏子がですか？」

「私には、そんな占い師のようなことはできませんが」

と、藍は言った。「でも、その現場へ行ってみれば、何か分ることがあるかもしれませんね」

「登山靴、買わなきゃ」

と、真由美が言った。

3　山のバスガイド

「藍さん！」

と、元気よく手を振ってやって来たのは、もちろん遠藤真由美だった。

「まあ、さすがに似合うわね」

と、町田藍は、山登りファッション（？）の真由美を見て言った。

「藍さん、今日もバスガイドの制服で来るのかと思った」

「まさか！　一応、ちゃんとした登山よ」

と、藍は苦笑して、「でも、〈すずめバス〉の旗は、しっかり持って来たわ」

「さすが！」

——〈登山口〉に午前七時に集合という早朝にもかかわらず、七時十五分前には、〈すずめバス〉のツアー常連客が十人以上やって来ていた。

「皆様、ありがとうございます」

と、藍は客たちに挨拶して、「間もなく、このツアーの企画に係った方がみえると思います」

肝心の、古田良和が、まだやって来ないのである。真由美が、

「古田さんが来なかったら、どうするの？」

「そのときは、どこかでお弁当食べて帰りましょ。でも——ほら、みえたわ」

ナップザックを肩に、古田が息を弾ませてやって来た。

「すみません！　バスを一本逃しちゃって」

「ちょうど集合時間です。では皆さん、出かけましょうか」

と、藍が歩き出すと、

「待って！」

と、声がして、停ったタクシーから降りて来た女性がいた。

古田がびっくりして、

「敏子！　——何しに来たんだ？」

と、目を丸くする。

「奥様ですか」

と、藍は挨拶して、「どうしてここへ……」

「話は聞いたわ。丸山先生からね」

と、敏子は夫に向って言った。「私も一緒に行く！」

「おい、敏子……。お前、その格好で……」

敏子は、普通のワンピースだったのである。

「大丈夫よ。こんな山くらい……」

「とても無理です」

と、藍は言った。「それじゃ……」

藍はリュックから、ジーンズを取り出した。真由美が目を丸くして、

「藍さん……」

「万一、お客様が谷川で水に落ちたりしたときのために持って来たの。奥様、そこの土産物の店で、これに着替えて下さい」

「分ったわ……」

「その間に、どこかで靴を見付けて来ます。サイズはいくつですか？」

藍のおかげで、敏子は何とか山に登ろうという格好になった。

出発は約二十分遅れたが、ともかく一行は登山道を辿り始めたのである。

「もう……だめだわ！　もう死ぬ！」

十五分も登ると、敏子が悲鳴を上げ始めた。

「ろくに運動なんかしてないじゃないか。こんな無茶して」

と、古田は言ったが、

「私を殺そうっていうのね！　そうはいかないわよ！」

敏子は文句を言いつつ、意地になってついて来た。

「――少し休みましょう」

藍が汗を拭って、「あと一時間ぐらい登ると、山小屋だと思います」

「あの雪のときに寄った所だな」

古田は手近な岩に腰をおろした。水筒を出してひと口飲む。

「あなた。私にも飲ませて」

と、敏子が言った。「水不足で死にそうだわ」

「そう簡単に死ぬもんか」

「私、ペットボトルのお茶を持って来ていますから」

と、藍が敏子へ声をかけて、「これ、お持ちになって下さい」

「ありがとう……」

と、敏子は早速ペットボトルを開けてお茶を飲んで息をついた。

「おい、敏子。お前、この町田さんと俺がどうとかしたと言って、訴えるなんて――」

「弁護士さんが言ったのよ。そうすれば、あなたが妙なことを言わなくなるだろうって」

「そんないい加減なことで――」

と、古田が言いかけるのを、藍が抑えて、

「奥様、なぜ私が亡くなった佐木ひとみさんを見付けるかもしれないとおっしゃったんですか？」

「佐木さんを見付ける？　私、そんなこと言いませんよ」

「しかし、丸山先生がそう言った」

と、古田は言った。「お前が確かにそう言ったと」

「知らないわ、そんなこと。大体、佐木さんが見付かるわけないじゃないの。流されちゃったんでしょ」

藍は少し考え込んで、

「確かに妙な話ですね。私もそれを聞いたときに首をかしげましたが」

――もう少し休んで、一行は再び登り始めた。敏子も体が慣れて来たのか、順調に歩いている。

四十五分ほどで、山小屋に着いた。

「ああ、ここだ！」

と、古田は言った。「あのときは、大雪を避けて、何人もここに入ってた」

今は夏山のシーズンというわけでもなく、山小屋には他に誰もいなかった。

「少し早いですが、ここでお弁当を食べましょう」

と、藍は言った。「この先、落ちついて食べられる場所はありませんから」

みんなしっかり、サンドイッチやおにぎりを持って来ていた。

「おにぎり一つちょうだい」

敏子は、古田のおにぎりを一つ手に取って食べ始めた。

「——ね、藍さん」

と、真由美が言った。「棚の所に地図があった」

持って来たその一枚を見て、古田は啞然とした。

「それ……。俺の持ってた地図じゃないか!」

と、手に取った。「でも——どうしてここにあるんだ?」

「あなたが置いてったんでしょ」

「いや、そんなことはない。雪の中で、何度も見直したんだ」

藍はその地図を覗き込んで、

「赤いサインペンで描いてあるのが、下山のルートですね?」

「ええ。しかし、あのときは……。雪で、どこが道なのかも分らなくて、役に立ちませんでした」

「ちょっと」

と、藍は言った。「その地図、私が持っていてもいいですか?」

「ええ、もちろんどうぞ」

藍は少しの間、その地図を眺めてから、折りたたんで、リュックのポケットに入れた。

——弁当を食べ終え、一息つくと、

「では出かけましょう」

と、藍は声をかけた。「ここから先は、足下の悪い所もありますので、ゆっくり慎重に参りましょう」

客の一人が、

「あれ？」

と言った。「ケータイの電波が入らないな。さっきまで、ちゃんと入ってたのに」

「私もだわ」

と、他の人も口々に言った。

「一時的なことかもしれません」

と、藍は言った。「天気もいいですし、心配はないでしょう」

「藍さんがいれば大丈夫」

と、真由美が言った。「ちゃんと天国へ連れてってくれる」

「変なこと言わないで！」

みんなが大笑いして、一瞬重苦しくなりかけた空気は消えた。

「――この先は、僕もどう行ったのか、よく分らないのですがね」

と、古田は言った。

「ええ。佐木さんたちの辿ったルートを調べて来ました。それを行きましょう」

一行は山小屋を出て、山道を歩き出した。

若さというもので、真由美は藍と並んで、先頭を行っていた。

「――ね、藍さん」

「古田さん、雪山で死にかけたんでしょ？　でも、どうしてそんな時季に、一人で雪山に登ろうとしたんでしょうね？」

「大雪になるという予報じゃなかったのよ。まだ半月ぐらいは雪が降らないと言われてたの。でも、急に低気圧が発生して、思いがけない大雪に」

「ふーん。でも、一人で、って……」

「それは私も知らない。きっと、この登山の間に、古田さんが話して下さるわよ」

「そうかなあ……」

振り向いた真由美は、古田が敏子の手を引いて、それでも、

「引張ったら危いじゃないの！　私を転ばせる気？」

と、甲高い声で文句を言っている敏子を見て、

「そんな話する余裕あるかなあ」

と、首を振った。

どこかに谷川の流れの音が聞こえていた。

「ああ、この下ですね」

藍が木々の間から下を覗いた。「危いですよ！　落ちたら大けがです！」

十数メートル下が、岩だらけの渓流で、今は澄んだ流れだが、それでも水量も速さもある。

「どの辺で落ちたんでしょうね」

と、古田がこわごわ覗き込みながら言った。

「私の調べた限りでは、まだもっと先だったようです。川原は下りられるような場所で、でも、その日はいつになく水量も多かったんです」

「苦しかっただろうな……。しかも濁流だったんだから……」

藍がそうっと見ると、敏子は危い所には近寄りたくないようで、離れた場所で一息ついている。

「古田さん」

藍はさりげなく、「なぜ冬の山に一人で来ていたんですか?」

と訊いた。

古田は一瞬表情を曇らせたが、

「それは……一人で歩くのが好きだったんです。それだけですよ」

と、ことさらに軽い口調で言った。

「そうですか。あの地図ですが――」

と、藍は言いかけて、フッと空を見上げた。

「おかしいわ」

「藍さん、急に雲が……」

と、真由美が言った。

「ええ、分ってる」

頭上に、突然黒い雲が広がって来たのである。それまでの青空からは、あまりの急変だった。

日が遮られ、辺りが薄暗くなった。

「皆さん、ビニールのカッパをお持ちなら、はおって下さい」

と、藍が声をかけた。

幸い、今日参加しているメンバーは、いつも藍のツアーを好きな人たち。言われるままに、リュックからビニールのカッパを取り出した。

冷たい風が吹いて来る。藍は、

「その大きな岩棚の下へ入って下さい！」

と促した。

みんなが岩の下へ入ると同時に、雨が降り始めた。

4　時を戻る

「これって――普通の雨じゃないね」

と、真由美が言った。

「真由美ちゃん、濡れない？　もっと奥へ入って。私は少しぐらい濡れても大丈夫だから」

実際、雨は激しく、辛うじて岩の下に入っている藍は、足下に叩きつける雨がはねて、膝の辺りまで濡れてしまっていた。

「あなた！　どうなってるの？」

敏子は古田の腕にしがみついている。

「俺だって分らないよ。まさか、こんな雨……」

「土砂崩れなんか起きないでしょうね」

「大丈夫だろう。――もちろん、断言はできないが」

真由美は、藍の様子を見ていて、

「何か感じるんでしょ、藍さん？」

と言った。

「――怒りを感じるわ」

と、藍は言った。

「怒り？　誰の？　佐木ひとみさんの？」

「分らないけど……」

藍は目を閉じて、じっと何かに集中しているようだったが……。

「――真由美ちゃん、私のリュックのポケットから、さっきの地図を出してちょうだい」

「うん」

真由美はそのポケットを探ったが、「――入ってないよ」

「本当に？」

「うん。藍さんが入れるの、私も見たけど……。どうしたんだろ？」

するとと、ツアー客の一人が、

「その奥さんが、藍さんのリュックから取り出してたわよ」

と、敏子の方を見て言った。

敏子が青ざめて、

「嘘よ！　私がどうしてそんなこと――」

と、叫ぶように言ったが、動揺しているのは明らかだった。

「いえ、ちゃんと見たわ、私」

古田は敏子へ、

「お前――本当に……」

「分っていました」

と、藍は言った。「私も知ってたんです。奥様があの地図を抜き取るのを」

「でも、どうして？」

と、真由美が言った。

「古田さんが、大雪の日に持っていた地図は、本物じゃなかったんですね。古田さんが救出され、入院している所へ駆けつけた奥様は、古田さんの持物からその地図を取り戻した」

「どういうことですか？」

古田が面食らっている。

「でたらめよ！　そんなこと、あり得ないわ」

「でも、事実、その地図が山小屋にあったんですから。――奥様は、古田さんが下山の道を赤ペンで描き込んだ地図を、ご自分で描き直したものと取り替えたんですね。そのルートでは、下山できないようになっていたんでしょう」

「何だって？」

古田が唖然として、「お前……」

「あんな……大雪になるなんて、考えもしなかったのよ」

と、敏子は言った。「少しぐらい道に迷ったって、ちょっと余計に歩かなきゃいけないだけだわ」

「おかげで死にかけたんだぞ」

「待って下さい」

と、藍は言った。「奥様、なぜそんなことを？」

「それは――あなたが、佐木ひとみのことを知ってて、この山に登るんだと思ったからよ」

「何だって？」

「同窓会名簿が送られて来たわ。あなた、それを見て、佐木さんのことを知ったんでしょう。そのすぐ後に、この山に登ると言い出して……」

と、敏子は言った。

「やめてくれ！」

と、古田は遮って、息をつくと、「――分ったよ。確かに、その同窓会名簿を見た。しかし、あそこには、佐木ひとみのことは、〈登山中行方不明〉としか出ていなかった。いつのことか、死んだのかどうかも分らなかったが、元のクラスメイトに訊いて、この山だということだけ知ったんだ。

それで、会社の同僚と山歩きをしようという話になったとき、この山に決めた。だが一緒に来るはずだった若手の社員が前日に足首を骨折してしまい、一人で登ることになったんだ」

「そんなでたらめを――」

「でたらめでもないでしょう」

と、藍が言った。「雨が止んで来ましたよ」

いつの間にか、小降りになっていた。

「もちろん、大雪の中で佐木君に会ったときは、夢でも見ているのかと思ったよ。もしかして、山の中で生きていたのか、とも……。退院してから、調べてみて、詳しいことが分った。もちろん、生きていたはずのないことも」

「奥様は、古田さんが佐木さんのことを忘れられずにいると思って、ちょっとこらしめてやるつもりで、地図を取り替えたのですね？」

「ええ……。あなた、知らなかったの？　佐木ひとみはあなたのことが好きだったのよ」

「何だって？」

「私――打ち明けられたことがあったの。そして、あなたのことを好きだって、伝えてくれないかって頼まれた」

「敏子……」

「私、彼女に、あなたが他の子が好きだと言ってる、って話した」

「お前……」

「あなたを盗られたくなかった！　だって、佐木さんには他にいくらでも言い寄ってる男の子がいたんですもの」

雨が止んで、日が射して来た。――古田は息をついて、

「そんな古い話を今さら持ち出すなよ」

と言った。「俺には、お前とあかりしかいない。そんなこと分ってるだろ」

「晴れて来ましたね」

と、藍が言った。「出かけましょうか。足下が濡れていて、滑りますから、気を付けて下さい」

再び山道を辿って行くと、道はすっかり乾いていて、あの雨はあの辺りにだけ降ったことが分った。

「やっぱり、そういう雨だったの？」

と、歩きながら、真由美が言った。

「分らないわ。山の天気は変りやすいわよ」

と、藍が言った。「あの先から、下の渓流の方へ下りられるのね」

「じゃ、そこで――」

「たぶん。佐木ひとみさんが流された所でしょう」

「下りてみましょうよ！　ね？」

と、真由美が藍の腕をつかんで引張る。

「ちょっと！　危いでしょ！　いいわ、それじゃ、寄って行くだけよ」

他の客たちも、喜んでついて来る。

道から下る石段があって、簡単に川原に下りることができた。

「今はきれいな流れね」

と、藍が伸びをする。

真由美が流れのそばへ行って指先を浸すと、

「冷たい！」

「危いわよ！　足を滑らしたら、びしょ濡れよ」

「大雨のときは、もっと水かさも増えるんでしょうね」

と、敏子が言った。「佐木さん……可哀そうに……」

「うん、確かにな」

と、古田が肯く。

そのとき、藍は、流れの水音が、微妙に変るのを聞いた。

足下を見ると、じわじわと流れが迫って来る。

「もう行きましょう」

と、藍は客たちを促した。

石段を上って、元の山道へ戻ってから振り向くと、渓流ははっきりと広がっていた。

「――藍さん」

「黙って」

と、藍は真由美に言った。「気が付いてるわ。まだ終ってない」

「ということは……」

「佐木ひとみさんは、流れに突き落とされたのかもしれないわ」

と、藍は言った。


「いえ、落ちたところは見ていません」

電話に出たその女性は、藍の問いに答えて言った。

「そうですか。では――」

「気が付いたら、濁流を流されていく佐木さんの姿が。――手を伸ばしているのは見えましたが、どうすることもできず、本当にアッという間に見えなくなってしまったんです」

藍が色々調べて、やっと捜し当てた、佐木ひとみと一緒に山に登ったかつての同僚の女性だった。

「もう十年もたつんですね。でも、結局、佐木さんは見付からなかったんですよね」

「そのようですね。すみません、突然こんなお電話をさし上げて」

「いいえ。何か分ったら教えて下さい」

「はい。承知しました」

藍はそう言って、切ろうとしたが、

「そういえば……」

と、向うが言った。「あのとき、登山口で……」

「何か?」

「今、思い出したんですけど、佐木さんが誰か知ってる男の人を見かけたようでした」

「それはどういう――」

「いいえ、私は見てないんです。佐木さんが、『どうしてこんな所に』って首をかしげてたのを思い出しました」

「男の人と言ったんですね?」

「ええ。私が『どうしたの?』って訊くと、『ちょっと知ってる男の人が』って言って。でも、登り始めたら、もう何も言いませんでした」

「ありがとうございます」

と、藍は礼を言った。


「じゃ、やっぱり古田さんが?」

と、真由美は言った。

「そうじゃないわ。でも……」

と、藍が言いかけたとき、

「まあ!」

と、ツアー客の女性が声を上げた。「見て！　雪よ！」

「まさか、こんな時季に？」

「こいつはびっくりだ！」

と、口々に声を上げる。

確かに——雪だった。

一瞬、視界を遮るかのような雪が降り始めた。

「でも——変だわ」

と、真由美が言った。「冷たくない」

「ええ。寒くもないでしょ」

と、藍は言った。「これは本当の雪じゃない」

「雪の幽霊？」

「これは珍しい！」

ツアー客が大喜びで写真を撮っている。

幻の雪は、十分ほどでぴたっと止んだ。

「積ってもいないね」

と、真由美が言った。

「行きましょう」

藍は歩き出した。

しかし、少し先の角を曲ると、足を止め、

「ここにいて」

と、真由美へ言った。

「藍さん、あれは誰？」

少し先の岩に、寄りかかるように座っている人間がいた。

その周囲も、雪に覆われている。まるでそこだけに本当の雪が降り積ったかのようだった。

その人間も、雪にすっかり包まれていた。

藍は歩み寄って、その人物の雪を払い、手首を取った。

「――藍さん」

「亡くなってる」

「でも……」

藍が、顔にかかった雪を力をこめて払い落とした。

「――丸山先生！」

と、古田が息を呑んだ。

「まあ……。どうして……」

敏子が夫にすがりついた。

「佐木ひとみさんを、丸山先生が流れに突き落としたんですよ」

と、藍は言った。

「そんな……」

「きっと、卒業してからも、たまに会ってたんでしょうね、佐木さんは。でも、まさか丸山先生が自分に恋しているとは思ってもみないで、仲人を頼んだ」

「じゃ、結婚させたくなくて？」

「そうでしょうね。佐木さんを他の男に渡したくなかったんでしょう」

「でも……どうなったんです？」

と、古田が訊いた。

「佐木ひとみさんの恨みでしょうね。ここだけ本当の吹雪に襲われて、丸山先生は凍死したんです」

誰もがしばし沈黙していた。

「でも、どうしてわざわざここへ……」

と、真由美が言った。

「きっと、覚悟して来られたのよ。自分が突き落とした佐木さんの後を追うつもりで」

見ている内に、雪は溶けて行った。

「――こんなことがあるなんて」

と、敏子がよろけて、夫につかまった。

「おい、よせよ。こっちだって気を失いそうなんだぞ」

「でも、藍さん、どうするの？」

「下山して、警察に届けましょう」

と、藍は言った。「でも――信じてもらえるかしらね。今どき、凍死したなんて……」

真由美が藍の肩を叩いて、言った。

「詳細は〈すずめバス〉にお問合せ下さい、って言ってやれば？」

ジャンヌ・ダルクの白馬

1　救い

帰りのバスは身軽である。

乗客が降りているから当然車体も軽くなっているが、それだけではなく、「無事にツアーが終った！」という安堵感のせいでもあった。

「出発するときが、こんなでなくて良かったわね」

と、〈すずめバス〉のバスガイド、町田藍は言った。

「ジョークにならないのが、怖いところだな」

と、ハンドルを握っているドライバーの君原志郎が言った。

「でも、今日は上出来だったわよ」

と、藍は言った。

確かに、弱小バス会社の〈すずめバス〉としては、平日昼間のツアーに十五人の客が集まってくれたのはありがたいことだった。

ターミナル駅の前で解散して、今バスは〈すずめバス〉の営業所兼本社へと向っていたが……。

藍と君原の話に、

「藍さんの〈幽霊と会えるツアー〉だったら、もっとお客が来たわよ」

と割り込んで来たのは、藍の大ファンで、〈すずめバス〉のツアーの常連客、十七歳の女子高校生、遠藤真由美である。

「そういつも幽霊に会えないわよ」

と、藍が苦笑する。

「でも私、そういう普通の、面白くないツアーにも参加してるでしょ」

「はいはい。いつもごひいきいただいて」

大のお得意様の真由美はお金持の令嬢。そして、「幽霊大好き」という変った十七歳なのである。

「真由美君、どこか途中で降ろそうか?」

と、君原が訊くと、

「ううん。営業所まで一緒に行く」

「真由美ちゃん――」

「ずっと藍さんと一緒にいると、どこかで幽霊と会えるかもしれない」

「いいの? じゃ、夕ご飯、どこかで食べましょうか」

藍は、運転席のすぐ後ろに立っていた。真由美が近くの席に腰をかけている。

バスが赤信号で停った。

藍は、バスの前方へ目をやると、

「あの女の子……」

と呟いた。

「どうしたの？　幽霊出そう？」

「違うわよ！　ただ……」

道の少し先、歩道のガードレールが切れている所に、コートをはおった女の子が立っていた。

「あの人がどうかしたの？」

「いいえ。でも――どうしてあそこに立ってるのかしら。バス停でもなければ、横断歩道もない」

「つまり？」

「ガードレールの切れてる所で、歩道の端、ぎりぎりに立ってる。――君原さん、加速するとき、気を付けて。すぐブレーキ踏めるように」

「分った」

信号が青になる。バスは走り出した。

そして、その女の子の立っている辺りへと――。

女の子が、車道へ飛び出した。バスが普通に加速していたら、間違いなくはねていただろう。しかし、女の子が動き出すと同時に、君原はブレーキを踏んでいた。

バスは女の子の手前、一メートルで停った。女の子が、緊張が途切れたのか、その場に座り込んでしまった……。

「すみません……」

と、女の子は涙を拭って、「死ぬことしか考えられなくて……」

バスは、営業所へ向っていた。

自殺しそこねた女の子を、藍はバスに乗せて、話を聞いていたのだ。

桂里美というのが、その女の子の名前だった。見たところが若いので、「少女」という印象だが、十九歳で、商社に勤めているという。

「じゃ、取引先の営業課長に？」

「はい……。私も子供じゃないのに、遅くまで一緒にお酒を飲んだりして……。自分がいけなかった、と思うと……」

「それは違うわ」

と、藍が少し強い口調で言った。「たとえ玄関の鍵をかけ忘れていたとしても、泥棒に入っていいわけじゃない。あなたが意識不明になるまで酔わせておいて、ホテルでレイプしたのは、男が悪いのよ。自分のせい、なんて思っちゃだめ」

桂里美はちょっとびっくりしたように藍を見て、

「――分りました。そんな風に言ってくれた人、初めてです」

と言った。「直接の上司に相談しても、『君の方が隙を見せたのがいけない』って言われました」

「情ない話ね」

「それが三か月前で……。私、妊娠してしまったんです。もちろん中絶手術を……。何だか、自分が惨めで、何もかもいやになっちゃったんです。それで、このバスが見えたので、つい……」

「そんな男のために死ぬなんてだめだよ！」

と、聞いていた真由美が怒って言った。

「ええ……。もう大丈夫です。私……ちゃんと生きて行けます」

里美の表情は明るくなっていた。

「そうそう！　ね、バスが営業所に着いたら、一緒に夕ご飯食べよ。藍さん、いいでしょ？」

「そりゃ、桂さんが良ければね」

「決りだ！　新しいイタリアンのおいしい店があるの！　藍さんに教えてあげなくちゃ、って思ってた」

真由美は大張り切りだった。

そして――夕食はその新しいイタリアンのお店で、真由美の「お父さんのおごり」というわけで、三人は大いに食べた。

食事の間、真由美は、

「藍さんがいかに凄い人か」

をしゃべり続けて、聞き入る桂里美も目を輝かせていた。

店を出たのは、三時間後。――よく食べ、よくしゃべったものだ。

「本当に楽しかったわ」

と、里美は真由美と固く握手をした。

「またご飯食べましょ」

「アッという間に太っちゃいそう」

と、里美は笑って、「じゃ……町田さん、どうも……」

「気を付けてね」

と、藍は微笑(ほほえ)んで言った。

「はい！　それじゃ」

里美が、地下鉄の駅へと向うのを見送って、

「――良かったね」

と、真由美が言った。「人一人、命が助かった」

「そうね」

「私、タクシーで帰る。藍さんは？」

「少し夜風に当るわ。ワインで酔ってるし。ごちそうさま」

「いいえ！　藍さんとなら、世界一周旅行にだって行かせてくれるよ」

真由美の両親は藍を信用してくれているのである。

藍は一人、夜道を歩き出した。

JRの駅までは十五分ほどだった。――改札口で、藍はふと足を止め、振り返った。

誰かが呼んだ？

しかし、そこには誰もいなかった。藍はちょっと不安になった。

その「呼ぶ声」は、実際の人の声ではなく、どこか心で呼びかけているかのようだったのだ……。

でも、それ以上は何も聞こえて来なかった。

藍は、小さく首を振って、改札口を入って行った。

〈町田藍さま
今日は本当にありがとうございました。真由美さんも町田さんも、こんなにすてきな人がいるんだ！　とびっくりしてしまいました。

どうして、こんなすてきな人たちに、もっと早くめぐり会わなかったんだろうと思いました。

でも、キラキラと輝くようなお二人を見るにつけ、私は自分が汚れていることを考えてしまいました。

やはり、私はこの世に生きていてはいけない人間だと。自分のおかしたあやまちを、償わなければいけない、と思います。

お二人と過した何時間かの、すばらしい思い出を抱いて、旅立って行きます。

初めてのメールが最後のメールになってしまって、すみません。

さようなら。

桂里美〉

2　闇からの声

「どうしてなの？」

真由美が、泣きじゃくりながら言った。「あんなにいい人が……。あんなに楽しそうにしてたのに……」

藍は、真由美の肩を抱いて、

「仕方なかったのよ」

と言った。「他人にはどうしようもないことだった……」

「だけど……」

「さあ、お焼香して」

――二人は、通夜の席に来ていた。

正面では、あの桂里美が、嬉しそうに微笑んでいたが、もう何も語りはしないのだった。

二人で列に並んで焼香をすませると、傍（そば）の遺族席へと向った。

そこに座っていたのは、ブレザーを着た高校生らしい少女一人だけで、一見して里美とよく似ていた。

「この度は――」

と、藍が言いかけると、

「あの、町田藍さんですか？」

と、その少女が言った。

「はい」

「それと――遠藤真由美さん、ですね」

「そうですけど……」

「私、里美の妹の啓子といいます」

「そうですか。妹さんがおいでとは伺ってましたが」

「お二人のことは、姉からのメールで」

と、啓子は言った。「お願いです。よろしければ、少し残っていていただけますか」

「分りました」

と、藍は肯いて、「じゃ、後ろの方の席にいます」

「すみません」

二人が席の方へ戻りかけると、焼香を終えた背広姿の男性が入れ代った。

「この度は」

と、啓子へ声をかけた。「お姉さんとは仕事でよくお会いしていました。〈S物産〉の千葉という者です」

それを聞いて、藍と真由美は足を止めた。〈S物産〉の千葉。——里美が、食事のとき、話してくれた「レイプした男」の名前に違いなかったのだ。

「藍さん——」

「今はだめよ」

「でも——ぶん殴ってやりたい！」

「こんな所で、いけないわ。今はこらえて」

と、藍は真由美の手をしっかり握った。

真由美は渋々空いた椅子に腰をおろした。

啓子は、姉から聞いていなかったのだろう、千葉という男に、

「わざわざごていねいに」

と、礼を言った。

千葉は足早に通夜の席から出て行った。

里美の同僚だった女性たちが仕事帰りに何人もやって来ていた。

一時間ほどして、通夜が終ると、藍と真由美は控室へと案内された。

「——すみません」

待っていた啓子が、立ち上って、「どうしてもお二人とお話ししたくて」

「こちらも」

と、藍は言った。「里美さんとは一度お会いしただけですけど」

「ええ。姉は最後のメールで、お二人と過した時間がどんなに楽しかったか、知らせてくれました。本当にありがとうございました」

「あの——他の親族の方たちは？」

「両親はもう亡くなったんです。姉が私のことを面倒みてくれて、他の親戚は、両親と不仲だったので、誰も来ません」

「そうだったんですか……」

いつまでもいられないので、藍が「近くでお茶でも」と誘った。すると、

「それより、私、お腹が空いて、目が回りそうなんです！」

と、啓子がため息をついた。

藍たちは何となくホッとして、顔を見合せた……。


「二日間、泣き明かしました」

と、啓子が言った。「でも、いつまでも泣いてられないんです、私」

近くのファミレスに入って、啓子だけでなく、藍と真由美も夕食を取った。

真由美と同じ十七歳の啓子は、食事する時間がなかったのだろう。定食をアッという間に平らげて、息をついていた。

「――今はどこに住んでいるの？」

と、藍もすっかり打ちとけて訊いた。

「姉と二人でアパート暮しだったんです。でも――もう一人になっちゃった」

「私で力になれることがあったら言ってね」

と、真由美も同い年というので、友達の感覚。

「ありがとう。真由美さんのお家って、お金持なんですってね。飢え死にしそうになったら、駆け込むかもしれない」

「いつでもどうぞ」

「でも、私も子供じゃないし。さしあたり、姉が貯金しておいてくれたので、私が高校出るくらいまでは大丈夫。その間に、働くところを探すわ」

食後にコーヒーを飲みながら、

「こんなこと訊くの、申し訳ないんだけど」

と、藍が言った。「お姉さんはトラックにひかれたとか……」

「ええ、国道を走ってる大きなトラックの前に飛び込んだんです。トラックは急ブレーキかけたので、他に三台くらいの車が追突して、二人、けが人が出ました。――申し訳なくて」

「でも、それはあなたのせいじゃないから」

「でも……姉もひかれて、ひどい有様に……」

と、啓子は眉を寄せて、「本当に姉なのか、まともに見るまで時間がかかりました」

「お姉さんが自分で命を絶った理由は、何か訊いてる？」

「それが詳しいことは……。男の人のせいだってことは話してくれました」

「男の人のせい？」

「私に、『あなたは私みたいなことにならないようにね』って……。お姉さん、男の人と付合って、子供ができたみたいでした。はっきりは聞いてないですけど、一緒に暮してると分ります」

「そうね。――相手の男の人のことは？」

「分りません。調べたくても、私には――」

「あの男よ！」

と、真由美が言った。「さっき図々(ずうずう)しく焼香しに来てた、千葉って男に、お姉さん、乱暴されたのよ！」

啓子が目を見開いて、

「本当ですか？」

藍は穏やかに、

「里美さんから聞いた話ではね。でも、今から訴えても、罪を償わせるのは難しいでしょうね」

と言った。「悔しいでしょうけど」

「――あの人が、そうだったんですね」

と、啓子は自分に向って呟くように言った。

「わざわざ通夜に来るなんて……」

そのとき、店に入って来た男がいた。若そうだが中年風の体型で、店の中をキョロキョロ見回している。すると、啓子の方が目をとめて、

「あ、川野(かわの)さん。――川野さん！　ここよ」

と、手を振った。

ネクタイが曲ったままの男は、

「ごめん！　お通夜に間に合わなくて」

と、やって来た。「もしかすると、と思って覗いてみたんだ」

「ありがとう。お姉さんも喜ぶわ」

「明日の告別式は必ず出るよ。休みを取ったから」

「いいの？　忙しいんでしょ？」

「そんなこと……。あ、お邪魔かな」

川野幹男（みきお）という男性は、藍たちのテーブルに加わった。――ひと通り事情を聞くと、

「そうでしたか。あの千葉が？　何て奴だ！」

「川野さんは、お姉さんと同じ課で、とても仲良くしてくれてたんです」

どう見ても、スマートとは程遠い男性だが、里美の話になると涙ぐんで、通夜に〈M商会〉の課長などが一人も出席していなかったと聞いて、顔を真赤（まっか）にして怒っている。

その様子には、人の好（よ）さがにじみ出ていて、藍も真由美も、つい微笑んでいた……。

居間へ入って来た娘のみどりが、

「パパのパソコンに何か入って来てたよ」

と言った。

千葉は手にしたスマホで株価を見ていたが、

「どうせ宣伝だ」

と言った。「今日は遅かったって？　ママが文句言ってたぞ」

「しょうがないよ。クラブの先輩に言われたら、いやとは言えないもん」

今年、私立中学に入ったみどりは、何かと用事で帰宅が遅くなる。

「あなた、食事は？」

と、妻の明代が声をかける。

「うん、食べるよ。途中寄る所があったが、食べられなかった」

「じゃ、十五分くらい待って。みどり、お風呂に入ってよ」

「分ってる」

千葉康士は、一旦居間を出ると、一応パソコンをチェックしておこうと、自分の部屋へ入って行った。パソコンを開くと、映像ファイルが入っている。

「何だ？」

開いてみると、画面は真暗なまま。首をかしげていると――。

「千葉さん」

と、女性の声が聞こえて来た。

この声は……。

「今日は私のお通夜に来て下さってありがとう」

千葉は愕然とした。この声は――桂里美だ。

「馬鹿な！」

「まさかあなたが来てくれるとは思わなかったわ。私、お棺の中から手を振ってあげてたのよ」

と、その声は言った。「でも、千葉さん、お通夜に来るのに、あのオレンジ色のネクタイはよくないわ。営業の人なら、いつでも黒のネクタイを用意しておかなきゃ」

千葉はパソコンを力任せに閉じた。——こんないたずら、誰がやったんだ！

千葉は、居間へ戻ると、

「おい、飯はまだか！」

と、明代へ声をかけた……。

3　影

終電は、割合に乗客が多いものだ。

しかし、改札口を出て歩き出すと、右へ左へと、人は散って行く。——十五分も歩くと、千葉は一人になっていた。

駅に近い団地があり、そこに帰る者が多いので、その先の一戸建まではなかなか連れがいないのである。

「——やれやれ」

つい、一人でグチをこぼしている。「いい気なもんだ、部長も」

家庭を大事にしろ。できるだけ残業はするな……。

そのくせ、「仕事はちゃんと片付けろ」と来る。片付けようと思えば、どうしたってこんな時間になるのだ。

家までは歩いて三十分。タクシーを使うようなぜいたくはできない。

みどりの学校は金がかかる。――明代からは、

「しっかり稼いでよ」

と、念を押されていた。

明代も働けば、と千葉は思うのだが、そう言い出す前に、

「お母さん同士のお付合が大変なの。パートで働いてるなんて人、誰もいないわ」

と言われてしまった。

もちろん、ちょっと無理はしたが、みどりを有名な私立中学へ入れたことは、千葉にとって誇らしいことだった。

しかし、入学すると、月謝だけではない、色んな名目の費用がかかる。みどりだって「友達付合」に、おこづかいも必要になるのだ。

その内、「あなたのお昼代、減らして」と言われるかも、と……。千葉はかなり本気で心配していた。

ポケットのスマホから着信音が鳴った。

こんな時間に、誰だ?

画面を見て、千葉は目を疑った。

そこには画像が――白馬にまたがった女の画像が出ていた。しかも、女はよく映画で見るような、中世ヨーロッパの白く輝く鎧(よろい)を全身につけていたのだ。

「何だ、これ?」

呆気に取られていると、女が顔当てを上げた。

「――里美？」

小さな画面でも、里美の顔は見分けられた。しかし――。

「誰だ、こんな画像を作りやがって！」

と、千葉は言った。

「千葉さん」

と、里美が言った。「あなたがしたことは、卑劣で、憎むべき行為です」

「何だと？」

「あなたを生かしておけば、また他の女性が泣くことになるでしょう。あなたを成敗しに来たのよ」

里美が白く光る剣を抜いた。

「馬鹿げてる！　さあ、その剣で俺を突き刺してみろ！」

と、千葉は笑った。

すると、どこからともなく聞こえて来たのは――馬の蹄（ひづめ）の音だった。

「おい……。どうなってる」

千葉は周囲を見回した。

夜の静けさの中、蹄の響きはどんどん大きくなって、しかも、四方八方から聞こえてくるようになった。

「畜生！　誰だ！　こんなふざけた真似を——」

千葉は怒鳴ったが、その声をかき消すように、まるで見えない巨大な馬が迫ってくるかのようだった。

そして、千葉は息を呑んだ。

片側にずっと続いている工場の塀に、影が伸びて来たのだ。それは馬にまたがった騎士の影だった。

「やめろ！」

と叫ぶと、千葉は家へ向って駆け出していた。

いつの間にか、スマホは地面に投げ出してしまった。そして夢中で、我が家へと走って行った……。


その日のツアーを終えて、〈すずめバス〉の営業所へ戻った藍は、いつもの通り、バスの汚れを落としていた。

そして——ふと気が付くと、少し離れた所に立って、じっと藍の方を見つめている女の子がいた。

誰だろう？　見憶えはなかったが、はっきりと藍を見ている。中学生だろう。まだ幼い印象があった。

水道の栓をしめて、バスの車体の清掃を一旦終えると、藍はその女の子の方へと歩いて行った。

一瞬、女の子は逃げ出しそうにしたが、

「怖がらないで」

と、藍は声をかけた。「私にご用なんじゃない？　私はバスガイドの町田藍」

女の子は思い直したように、

「こんにちは」

と言った。「私――千葉みどりです」

「千葉さん？　もしかして、お父さんは〈S物産〉の……」

「はい、課長です」

「そう。それで――」

「パパのこと、知ってるんですね」

「知ってるっていっても……。お話ししたことはないわ。でも、どうして私の所に？」

「あの……相談したいことが……」

どうやら、少女にとって、気の重い話のようだった。

「分ったわ。でも、私はもう少しお仕事があるの。それが終ったら……。ね、あそこに〈甘味〉って書いてあるお店、分る？　そこに入って待っててちょうだい」

「分りました」

「何か好きなもの、食べててね。おすすめはクリームあんみつ」

「はい」

みどりはホッとしたように微笑んだ。

そして、着替えた藍がその店に行くと、みどりは本当にクリームあんみつを食べていた……。

「会議の最中に？」

と、藍はプリンを食べながら言った。

「ええ。――会議で、パパがスクリーンに大きくグラフの絵を映して話してるとき、突然画面にジャンヌ・ダルクが出て来たんです」

「ジャンヌ・ダルク？」

「白い馬にまたがって、鎧を身につけて、そして、パパが取引先の会社の女の人を酔っ払わせておいて――ひどいことをしたって言ったそうです」

「その女の人は……」

「ジャンヌ・ダルクって名のったんですって。そしてパパのせいで、相手の女の人は死んでしまった、って」

「それで、あなたのパパは……」

「わけが分らなくなって、気を失っちゃったんです。――私ももう中学生だから、パパのした『ひどいこと』がどういうことだったか分ります」

みどりは涙ぐんでいた。「きっと本当にパパは……。ずっと前から、ママを泣かせていました」

「それで、どうして私の所に？」

「誰からか分らないメールが来たんです。〈すずめバス〉の町田藍さんに会いなさい、って」

「そう……。でも、私にはどうにも……」

と、藍は言いかけて、「パパは今、どうしてるの？」

「会社をしばらく休めと言われて。でも、それって、きっとクビだってことだと言ってます。家でも苛々（いらいら）して、どうしようも――」

「待って。――ちょっと待っててね」

藍は店の表に出ると、ケータイで桂啓子にかけた。

千葉が、そんな告発を受けたのなら、おそらく妹の啓子を疑うだろう。やけになった千葉が、啓子に何をするか分らない。

「――あ、藍さん」

と、電話に出た啓子はごく普通の様子で、「今、学校からの帰りなんです」

「あのね、今一人で歩いてるの？　誰かがつけてくるとか、そんなことない？」

「別に……。気が付かないけど」

「用心して！　寂しい道を避けて」

「何かあったんですか？」

と言ったとき、何か大きな音がして、「アッ！」

と、啓子が叫んだ。

「もしもし！　啓子ちゃん！」

通話は切れてしまっていた。

病院へ駆け込んだ藍は、真由美とともに、頭に包帯を巻いてベンチに腰かけている桂啓子を見て、ともかく息をついた。

「啓子ちゃん！　大丈夫？」

「大丈夫です。すみません、心配かけて」

と、啓子は頭の包帯にそっと触った。

「でも良かった！　どうなったかと思ったわ」

と、藍は胸をなで下ろした。「真由美ちゃん、ありがとう」

「どういたしまして」

と、真由美はちょっと自慢げに、「うちのお父さんも、たまには役に立つね」

啓子の身に何か起きたことは分っても、それがどこでなのか分らない。藍は、真由美に連絡して、父親のつてを頼って調べてもらった。

そして、救急車でここへ運ばれた啓子のことを突き止めたのである。

「藍さんとケータイで話してるとき、いきなり誰かが後ろから……。でも、ちょうど私鞄に付けてた子猫の人形が落っこちて、振り向いたの。それで、棒がまともに頭に当らなくてすんだ」

「誰だったか、見た？」

「分んない。暗かったし、頭の横の方を殴られたけど、やっぱり痛くて目がくらんで……」

「でも、それだけですんで良かったわね」

「自転車で通りかかる人がいて、明りが見えたの。それで、男の人が逃げて行った」

「そう……」

「でも、藍さん、どうして私に『用心して』って言ったの?」

藍は、答える代りに、

「啓子ちゃんに会いたいって子が……」

と、振り向いて手招きした。

「ごめんなさい」

と、その女の子——千葉みどりが言った。

「きっと、パパがそんなひどいことしたんだと思う」

啓子と真由美は、わけが分らない様子で、顔を見合せた。

4 話題

「あいつが……」

「ジャンヌ・ダルクが……」

「どこかへ飛ばされるらしいぞ……」

誰もが、自分のことを噂(うわさ)している。

千葉康士には、人の話の中身が、すべてあの幻とパソコンの映像のことにしか聞こえなかった。

——むろん、それほど有名人ではなかったのだが。

千葉は、もう出勤して来ていた。いつまでも、あんな馬鹿げた「ジャンヌ・ダルク騒動」のために会社を休んではいられない。

千葉の上司たちは、誰もいい顔をしなかったが、といって、千葉に「会社に来るな」とか「辞表を出せ」と言う者はなかった。

しかし、今、こうして昼休み、早々に昼食をすませて、〈S物産〉の入ったビルのロビーで時間を潰していても、誰も声をかけては来ない。

昼食から戻って来る社員は、ほとんどが千葉がそこにいることに気付いていたが、目をそらしてエレベーターへと向うばかりだった。

それは元々社内で千葉の評判が良くなかったせいでもあったのだが、当人はそう思っていなかった。

「——あら、千葉さん」

と、足を止めて声をかけて来たのは、〈S物産〉では「名物社員」の一人に数えられている香川(かがわ)夕里子(ゆりこ)だった。

「やあ」

と、千葉は気のない返事をした。

「会社に来てたの？　当分お休みかと思ってた」

「営業課長がそんなに休んでたら、仕事にならないよ」

「それもそうね」

香川夕里子は、千葉より十歳近く年上のベテランで、庶務の仕事は、それこそ彼女がいなくては成り立たないと言われている。それでも、四十五歳の今、ずっと年下の男性が課長になって、彼女は平社員のままだ。

「なあ」

と、千葉は言った。「上の方じゃ、僕のことをどう言ってる？　君なら耳にしてるだろ？」

「そうね……。あんまりあなたをかばう話は聞かないわ」

夕里子ははっきりものを言う。

「フン、さんざん人をこき使っといて、たかが女一人のことで僕を邪魔者扱いか」

「私も『たかが女』の一人よ」

と、夕里子は言った。「女だと思ってないだろうけどね」

「いや、別に君がどうこうってことじゃ……」

「例の〈ジャンヌ・ダルク〉は誰がやったのか、分ったの？」

「知るもんか。ふざけやがって！　上の連中だって、同じことをやってるくせに」

「そう？　でも、千葉さんが女性社員に嫌われてるのは事実よ」

「いいさ。要は仕事ができりゃいいんだ」

「もうそういう時代じゃないのよ。分ってないのね」

と、夕里子は肩をすくめて、「奥さん、どう言ってるの？」

千葉はちょっと詰まったが、夕里子は察して、

「娘さんと一緒にご実家に帰った？　図星でしょ」

「どうしてそんなこと……」

「分るわよ。ワイシャツにアイロンかかってないし、ネクタイも、それ古いでしょ。身なりに構わなくなると、ますますイメージが悪くなるわ。奥さんに謝って、戻ってもらいなさい」

「何を謝るんだ？　頑張って働いて食わして来たんだ。感謝してほしいよ」

「それじゃだめね」

と、ちょっと首を振って、夕里子は行ってしまった。

——正直、娘のみどりまで、妻について行ってしまったことは、応えた。特に、通っている私立中学で、何かと言われているらしい……。

そこへ、

「あ、いたいた！」

と、声がして、ロビーへ突然、テレビカメラをかついだスタッフなどを連れて、テレビ局の女性アナウンサーがマイクを手に入って来た。

そして、千葉の方へと真直ぐにやって来ると、

「千葉さんですね！　Sテレビのニュースワイドですが」

千葉は面食らって、

「何だ、いきなり！」

「噂の真相のコーナーです！　あなたのところに、ジャンヌ・ダルクが白馬に乗ってやって来たって本当ですか？」

カメラのレンズが千葉へ向く。千葉は焦って、

「よせ！　勝手に人を撮るな！」

と怒鳴った。

「そのジャンヌ・ダルクは、あなたがレイプしたことで自殺した女性だという話ですが本当ですか？」

「ふざけるな！」

苛立っていたせいもある。千葉はそのアナウンサーの手からマイクを叩き落とした。


「いいの？　毎日こんなことしてて」

と、藍は言った。

「いいんだ。ちゃんと学校には行ってるもん」

と言い返したのは、もちろん遠藤真由美である。

今日のツアーを終えて、〈すずめバス〉は営業所へ向っていた。

藍の乗るツアーには、このところいつも真由美が参加している。もちろん、ちゃんと料金を払っているから、藍としても断れない。

「ね、啓子ちゃん、大丈夫かな」

真由美は、前の方の席で、藍と話していた。他の客はもうみんな降りている。

「けがは大したことなかったみたいよ。良かったわ」

「あの千葉って男、捕まらないの？」

「犯人だって証拠がなくちゃね。でも、警察が調べてくれてるわよ」

「のんびりしてるなあ。また何かあったらどうするんだろ」

と、真由美は不満げだ。

「そんなこと言ったって――」

バスがカーブして、営業所の中へ入って行ったが――。急ブレーキで、真由美は危うく引っくり返りそうになった。

「どうしたの？」

と、藍がドライバーの君原に言うと、

「見ろよ」

と、君原はバスの前のそれを指した。

「――わあ！」

と、真由美が目を丸くして、「ジャンヌ・ダルクだ！」

確かに、そこには鎧をまとい、白馬にまたがったジャンヌ・ダルクがいた。

しかし――。

「落ちついて」

と、藍は息をついて、「あれは本当の人と馬よ。ジャンヌ・ダルクじゃない。その格好をしてるだけ」

「え？　——あ、本当だ」

鎧の顔当てを上げると、その顔はテレビで見たことのある女性で——。

「あの人、テレビ局のアナウンサーだ」

と、真由美が言った。

「ああ、それで見たことがあるんだ」

と、君原が言った。

「どういうこと？　降りるわ」

扉が開いて、藍がバスを降りると、社長の筒見が外に出て来た。

そして得意げに、

「どうだ！　みごとなもんだろう」

と、ジャンヌ・ダルクの方を見た。

「社長、どういうことですか？」

と、藍が呆れて、「これ、社長のアイデアなんですか？」

「そんなわけがなかろう」

と、筒見は肩をすくめて、「この鎧と馬でいくらかかると思ってるんだ？　うちにそんな金はない」

「それもそうですね」

藍も納得した。「それじゃ――」

「もちろん、こちらのアナウンサー、小田切ユリアさんの勤めるSテレビとの共同企画だ！」

「共同企画って……」

「君は、問題の桂里美という女性を救ったそうじゃないか。それなら、彼女がジャンヌ・ダルクになって出てくれれば、君の頼みを聞いてくれるだろう」

「待って下さい。亡くなった桂里美さんをテレビに引張り出す気ですか？」

「それができるのは、君しかいない」

藍はため息をついて、

「私がどう思っても、亡くなった人には関係ありません」

「しかしな、これには社会的な意義がある」

「何て？」

「その女性は、取引先の男にレイプされたんだろう？　それなら社会的制裁を加えるのは当然だ」

「社長、私たちは警察でも裁判官でもありません。勝手に制裁を加えるなんてことは――」

と、藍が言いかけると、

「あの……」

と、ジャンヌ・ダルクが言った。「もう馬から下りて、鎧脱ぎたいんですけど。重たくて死にそう！」

「大丈夫ですか？　気を付けて！」

と、藍が言ったときはすでに遅く、ジャンヌ・ダルクに扮したアナウンサー、小田切ユリアはバランスを崩してアッという間に白馬から転落してしまった……。


「痛い……」

と、小田切ユリアは腰をさすりながら、「あんな重い物身につけて、闘ってたんでしょうかね、本当に」

「私も、ジャンヌ・ダルクさんとはお会いしたことがないので」

「昔の人は幽霊になって出ないんですか？」

と、小田切ユリアは真顔で訊いた。

「まさか！　私が織田信長とデートしてるとでも思ってたんですか？」

「でも――社長さんのお話では、町田藍さんに『会えない死者はいない！』って……」

ユリアは、もうパンツスーツに着替えていた。営業所の中で、面白がっている真由美も一緒にお茶を飲んでいる。

「そんなわけないじゃありませんか！　――大体、ジャンヌさんと会っても、私、フランス語分りませんし」

藍は筒見の方へ、「どういうことでSテレビに話をしたんですか？」

「それはまあ……テレビ局としては、絵になるものが必要だということで、あの鎧と白馬を手配してくれたわけだ」

「で、それをどう使うんですか？」

「――私が聞いてるのは」

と、ユリアが代りに答えた。「桂里美さんと、相手の男性――千葉っていう人ですよね？　二人を対決させるということで、当然、千葉さんが謝罪を拒否。そこへ、ジャンヌ・ダルクが登場して……」

「待って下さい。対決させるって……。里美さん、亡くなってるんですよ」

「ですから、そこを町田さんに……」

筒見が咳払い(せきばら)いして、

「もちろん、局側には、いかに町田藍をもってしても、百パーセント幽霊を呼び出せるわけではないと伝えてある」

と言った。

「そんないい加減な……。千葉さんは了解してるんですか？」

「うちの局が取材に行ったんですけど」

と、ユリアが言った。「怒って、アナウンサーのマイクとテレビカメラを壊してしまったんです。三百万円、弁償してくれと言ったら、それなら出演するって」

「どう見ても脅迫じゃないですか」

と、藍は眉をひそめて、「今からでも中止した方が——」

「もう遅い」

と、筒見が言った。

「どうしてですか？」

「番組は今夜の生放送だ」

藍が唖然としていると、真由美が、ケータイを手にして、

「今、〈すずめバス〉からメールが。『今夜の生放送に合せてツアーを組みますので、ふるってご参加を！』って来てる」

「せっかくの機会だ、もったいないだろう」

と、筒見がニヤリと笑って、「うまくいけば、わが〈すずめバス〉と、町田藍が有名になる！」

「有名にならなくて結構です」

「そう言うな。プロポーズして来る男がいるかもしれんぞ」

「幽霊からだったらどうします？」

と、藍は言った。

5　裁き

〈すずめバス〉と書かれた車体がSテレビの正面に停ると、早くもテレビカメラが待ち受けてい

た。

藍はもちろん仕事なので、いつものガイドの制服。

遠藤真由美は一旦自宅へ帰って、しっかりお洒落して参加していた。その他、突然のお知らせにもかかわらず、いつものツアーメンバーが十七人も集まっている。

君原がバスの扉を開けようとすると、

「ちょっと待って」

と、藍は声をかけておいてから、乗客へ「先ほどご説明しましたように、今日のツアーは大変特殊な事情の下、テレビで生中継されます。もしお客様の中に、テレビに顔を出したくないという方がおられましたら、バスから最後にお降りになって下さい。人には肖像権があります。その方々にはカメラを向けないよう、テレビ局の方には話してございますので、その旨ご安心下さい」

乗客たちは、ちょっと顔を見合せていたが、

「大丈夫だよ」

と、一人の乗客が言った。「みんな顔が出たって平気だ」

「そうよ。藍さんに余計な心配はかけたくないわ。ねえ、みんな?」

と、口々に言って、肯き合う。

「ありがとうございます」

内心、ホッとしていた。テレビ局というもの、簡単に約束しても、すぐに忘れるという所である。

「――では、参りましょう」

扉がシュッと音をたてて開いて、藍は真先(まつさき)に降りて、傍に立つ。

「今、今夜の主役の一人、〈幽霊と話のできるバスガイド〉として有名な町田藍さんがバスから降りて来ました！　続いて、アイドルのように可愛い女の子！　これは誰でしょうか？」

もちろん、真由美のことだ。真由美もちゃんと聞いていて、カメラに向って「ピース」サインを出したりしている。

「町田さん、どうも」

と、小田切ユリアが迎えに出てくる。

「いいんですか、鎧じゃなくて？」

と、藍が言うと、ユリアは苦笑して、

「もっと間際になってから。あんな格好で局の廊下なんて歩けません」

「そうですね。白馬は？」

「裏の駐車場にいます。駐馬場ですね」

――局の建物のロビーへ、ツアー客たちはゾロゾロ入って行った……。

薄暗いスタジオの中央に、二つのスポットライト。その先の輪の中にはそれぞれ椅子が置かれている。

その一方に、女性司会者の大げさな紹介とファンファーレの中、仏頂面をした千葉がやって来て座る。

もう一方は――空のままだ。

もちろん、千葉のために死んだ桂里美がやって来る予定である。

「――藍さん」

暗いスタジオの片隅で、声をかけられて、藍はびっくりした。

「まあ、啓子ちゃん。傷はいいの？」

「ええ、もう何とも……。お姉ちゃん、あんな男のために死んだのね」

「啓子ちゃん、もしかして、里美さんの代りに？」

「似てるから、出てくれって言われたけど、いやだ、って断っちゃった。そりゃあ、千葉を怖がらせるくらいのことはできるかもしれないけど、しょせん偽物でしょ」

「そうね。――お姉さんの霊が現われてくれたら……」

「出て来そう？」

「今のところは、そういう気配はないわね」

「でしょうね。もし、千葉が私のこと、襲おうとしたら、現われるかもしれない」

「そのときはジャンヌ・ダルクの姿で？」

「お姉ちゃんなら、きっと似合うよね」

――番組は進んでいて、司会者が千葉と里美の件について説明していたが、

「だからどうだっていうんだ！」

と、千葉が苛々と遮って、「男女の仲なんて、他の人間にゃ分らないんだ」

「——今の千葉さんの言葉を聞いて、桂里美さんはどう思っておられるでしょう？」

と、司会の女性が言った。「今は空いている、もう一方の椅子に、果して里美さんは降りて来られるでしょうか！」

「やりきれないな」

と、藍のそばで声がした。

「あなた……川野さんでしたね」

「啓子ちゃんを守ってやらなくちゃ、と思いましてね」

そのとき、千葉が、

「もう我慢できん！　こんな馬鹿げた番組に付合っていられるか！」

と怒鳴った。「俺は帰る！」

千葉が立ち上ったとき——スタジオの明りがすべて消えて、闇に包まれた。

「——おい、どうした！」

「真暗になるなんて聞いてないわよ！」

と、司会者が言った。

すると——スポットライトの一つが点いた。それは千葉でなく、誰もいない空の椅子を……。

「まあ」

と、真由美が言った。「里美さんだわ」

その椅子には、確かに桂里美の姿があった。

「藍さん！　出たの？」

「いいえ」

と、藍は首を振って、「あれは幽霊じゃない。本物の人間よ。生きてたんだわ、里美さん」

しかし、千葉は真青になって、

「何だっていうんだ！　俺を恨むなんて筋違いだぞ！　お前だって抱かれて喜んでたじゃないか！　そりゃあ——酔いつぶれてたかもしれないが」

と、椅子から離れた。「おい！　明りを点けろ！　こんな仕掛けをしたのは誰だ。畜生！」

スタジオの明りが点いた。千葉はスタッフを突き飛ばしてスタジオの出口へと駆けて行ったが
——、廊下へ飛び出した千葉が、

「ワーッ！」

と叫んだ。

「何があったの？」

「行きましょう」

藍が真由美を促して駆け出すと、他のツアー客たちも、「それ！」とばかりに二人を追った。

スタジオを出た藍は、足を止めた。

千葉が凍りついたように立ちすくんで見つめる先には——白馬にまたがった鎧の女性が、長い槍を手に、千葉と相対していた。

「藍さん――」

「止って、危いわ」

すると、白馬が千葉に向って蹄の音をたてて動き出した。そして、たちまち千葉へと突進して来たのだ。

「やめてくれ！」

千葉があわてて走り出した。

「凄い迫力！」

と、真由美が唖然とする。

テレビのスタッフが廊下へ出て来て、

「ユリア、いいぞ！」

と、カメラを向けた。

ユリア？　――しかし、白馬を駆る女性は顔当てを下ろしているので、顔が見えなかった。

その女騎士は槍を構えて千葉を追って行く。テレビ局の廊下に蹄の音が高らかに鳴り響いた。

アッという間に追いつかれた千葉は、あわてて壁ぎわへ身を寄せる。鋭く尖(とが)った槍の穂先が千葉の頭へ――。

「ワッ！」

と、千葉が頭を抱える。

槍は千葉の髪の毛をかすめた。

「助けてくれ！」

騎士は槍を投げ捨てると腰の剣を抜いた。

千葉が階段の方へと走り出すと、騎士の白い刃が唸（うな）った。ズボンが切り裂かれて、足を取られた千葉が階段を転げ落ちて行く。

「もうやめて！」

と、藍は叫んだ。「それ以上は――」

白馬が向きを変えると、階段を上って行く。藍は急いで追いかけた。

「――え？」

階段を駆け上った藍は、足を止めて愕然とした。たった今、ここを駆け上って来たはずの女騎士も白馬も、どこにもいなかったのである。

「どういうこと？」

と、真由美は息を弾ませて言った。

「分らないわよ。千葉さんは？」

下の階へ下りて行くと、千葉が泣きながら運ばれて行くところだった。

「ちょっとやり過ぎじゃない？」

と、司会の女性が言った。「ユリアちゃんは……」

「ここです！」

と、声がして、ユリアが重い鎧によろけながら、やって来た。

「ユリアちゃん……」

「とっても無理です！　こんな物身につけて馬走らせるなんて！　誰か他の人に頼んで下さい！」

息を切らしてそう言うと、ユリアは引っくり返ってしまい、一人では起きられなくて、「誰か起こして！」

と、両手を振り回した。

「お騒がせしてすみません」

と言ったのは、ちゃんと足のある桂里美だった。

「トラックにひかれたのは――」

「私、死ぬつもりで、はおっていたコートを、路上で寝ていた女の人にあげたんです。でも、私がトラックの前に飛び出そうとすると、その女の人が、『そんなに若いのにだめよ！』って、止めたんです。でも道路ぎりぎりの所で、大型トラックの風に煽られてよろけたその人は道路へ出てしまい……」

「じゃ……啓子ちゃんも知っていたのね。里美さんが生きてるって」

「ごめんなさい」

と、啓子は目を伏せて、「千葉って男のことがどうしても許せなくて、お姉ちゃんが化けて出ることにしようって……」

――テレビ局の会議室だった。

「後は僕が手伝ったんです」

と、川野が言った。「ジャンヌ・ダルクの声や画像を作るのは、もともとCGアニメの会社でアルバイトしてたので、得意でしたから」

「じゃ、もしかして」

と、藍は言った。「啓子ちゃんにけがさせたのもあなた?」

「ほんのちょっと頭を殴ってって、私が頼んだんです」

と、啓子が言った。「千葉が怪しまれるようになれば、テレビにだって出ないわけにいかなくなるでしょ」

「殴るとき、ちょっと力が入っちゃって……」

と、川野が頭をかいた。

「いいのよ、あれぐらい。かすり傷じゃ本当らしくないわ」

と、啓子は言って、「このSテレビに、父が生前面倒を見ていた人がいて……」

「その人が今度の企画を立ててくれたんです」

と、里美が言った。「おたくの社長さんもすぐ話に乗って下さって」

「お調子者でね」

と、藍は言った。「ともかく、〈すずめバス〉のPRにはなったわね」

ドアが開いて、小田切ユリアが顔を出した。

「千葉は手首の骨折だけですんだそうです」

「良かった。もし命でも落としてたら……」

「でも——私、あの鎧で馬に乗ろうとしたら、馬は逃げちゃったんです。でも、テレビには白馬にまたがった女騎士が……」

「ええ、あれがユリアさんでないことはすぐ分ったわ」

「じゃ、誰だったんでしょ？」

と、ユリアは言って、「——まさか」

「でも、煙のように消えちゃったんだよね」

と、真由美が言った。「ね、藍さんが呼び寄せたんじゃないの？　本物のジャンヌ・ダルクを」

「知らないわ。顔も見えなかったしね」

と、藍は首を振って、「〈ボンジュール〉って言ってみれば良かったわ」

藍のケータイが鳴った。

「社長だわ。——もしもし」

「いや、凄い反響だぞ！」

と、筒見は上機嫌で、「今週のツアーはすべて満席だ」

「お役に立てて幸いです。でも、私、明日はお休みですから」

「そう言うな。こういうときに、一気にＰＲせんと。それとな、いい話があるんだ」

「何ですか？」

「君をぜひ嫁にという話が三つも来とる」

「それはどうも」

と、藍は言った。「でも私、今度の日曜日に、ナポレオンとお見合することになっておりますので、そちらの話はお断りして下さい」

ＫＯ牧場の決斗（けっとう）

1　ノックアウト

場内は徐々に静まり返って来た。

普通なら、こんなことはない。試合が白熱し、両者、激しい打ち合いになったら、場内はワーッと沸くものだ。

しかし〈左のサブ〉、こと笠井三郎（かさいさぶろう）の試合に関しては例外だった。プロボクシング、ミドル級タイトルマッチ。

試合は第5ラウンドに入っていた。場内が静かなのは、客の入りが悪いからではない。〈満員御礼〉——笠井三郎の試合は常にチケット即日完売。

それでいて、ラウンドが進むにつれて、場内は段々静かになってくる。

誰もが待っているのだ。——その瞬間を。

〈左のサブ〉が本領を発揮する瞬間を見逃すまいとしている。

笠井三郎は二十一歳。プロデビュー以来、38戦で、38勝0敗。そして何より〈38KO勝ち〉。

相手のわずかな隙を狙ってくり出す左のパンチが、一発で相手をリングに沈める。その一瞬のために、高い入場料金を払って客は押し寄せるのだった。

三郎は、いつも試合前の記者会見で言う。
「その気になりゃ、誰だって第1ラウンドでKOしてやれるけど、それじゃ中継してるTV局が困るし、お客だって、一秒当りのチケット代が高過ぎるだろ。だから、すぐにはKOしないようにしてるんだ。観客へのサービスだよ」

言われる相手は、もちろん腹を立てて、やり返す。しかし、それも強がりに過ぎないことを三郎は承知しているのだ。

そして——〈左のパンチ〉が走る。

ゴングが鳴って、第5ラウンドに入ると、「いよいよか！」
という空気で、場内が満たされる。

ただ——今夜の試合は、一応〈タイトルマッチ〉ではあるが、いささか盛り上りには欠けていた。
というのも、三郎の挑戦するチャンピオン、清水元(しみずはじめ)はもう三十四歳で、明らかにボクサーとしての力は落ちて来ていたからだ。

本当なら、もっと早く対戦していたはずだが、チャンピオンの清水が何かと理由をつけて試合を拒否していたのだ。

そして、やっと実現した試合。——第1ラウンドから、動きの軽やかで素早い三郎に、チャンピオンは振り回されっ放しだった。

それでも、三郎のくり出すパンチを辛うじてよけながら、第4ラウンドまで持ちこたえた。そして今……。

チャンピオンの意地というものか、清水は必死で三郎に打ちかかって行った。三郎はむしろ守勢に立たされていた。

しかし、あくまで余裕で清水の攻撃をかわしながら、三郎は隙を狙っていた。

ここらで一発。それで試合は終るだろう。

第5ラウンドが二分を過ぎた。――三郎は注意を集中して、清水の隙を探った。

よし、軽く打たせてやろう。調子に乗って前へ出て来たら、必ず隙ができる。

三郎が動きを止めると、清水が打って来る。打たれたと見せて、顔をかわすと、三郎はわざとよろけて見せた。

清水が罠(わな)にはまった。大胆に踏み込んで来ると、ガードがガラ空きになる。

今だ！　三郎の左が目にもとまらぬスピードで清水の顔面を捉えた。

一撃で、チャンピオンは大きくのけぞる。二、三歩後ずさると、ドッと仰向けに倒れた。

ワーッと場内が沸いた。まともに食らった三十四歳は、とても立ち上れそうになかった。

やったぞ！　これで試合終了だ。

三郎は両手を高々と上げて、観客の方へアピールして見せた。歓声と口笛と拍手。

しかし――突然、場内が静かになった。

当惑した三郎が振り返ると、思いもよらない光景がそこにあった。

清水が立ち上っていたのだ。三郎に打ちかかって来るような力はない。

しかし、フラフラとよろけながら、それでも立ち上っていたのである。

まさか、と思った。俺のパンチをまともに食らって、立てる奴なんかいるわけがない。

しかし、現実に清水は立ち上っていたのだ。そして——ゴングが鳴った。第5ラウンドが終った。

清水は自分のコーナーに戻る元気もなくなっていた。よろける清水を、飛び出して来たトレーナーがあわてて支えつつ、タオルを投げた。

レフェリーが試合終了のゼスチュアをした。

「おい、待て!」

と、三郎は怒鳴った。「もう一ラウンドやらせてくれ!」

しかし——もう遅かった。ゴングが鳴り、試合は終っていた。

もちろん、三郎は勝った。だが、KO勝ちではなかった。

TKO。テクニカルノックアウトというわけだが、KOではない。

三郎は、勝ったとはいえ、敗北感に唇をかんだ。KOでなければ——。

ノックアウトで倒して、初めて勝利なのだ。それなのに……。

清水は、両側から支えられて、自分の足ではとても歩けない様子で、リングを下りて行った。

「あいつめ……」

清水は負けた。しかし、三郎の〈39KO勝ち〉を阻んだのだ。KO勝ちの記録は、38で止った。

おそらく——清水は負けると分っていて、しかし、KOされることを避けたかったのだ。わざと大げさな倒れ方をして、三郎が背中を向けるのを待って、必死に立ち上ったのだろう。

三郎はチャンピオンベルトをつけても、ニコリともしなかった。——清水は、チャンピオンの意地を見せたのだ。

　俺の負けだ。——三郎はそう思った。


　拍手と口笛の渦の中、三郎は通路を抜けて、控室へ戻った。

「三郎」

　と、声をかけたのは、トレーナーの松井(まつい)だった。「やったな。チャンピオンだ」

「話にならねえ」

　と、三郎は吐き捨てるように言った。

「気持は分るが、ともかく勝ったんだ」

　五十歳になる松井は、ベテランのトレーナーで、三郎を少年のころから見て来た。

「清水の奴……。笑ってるぞ、きっと」

「そんな元気はないだろう」

　と、松井は言った。「会見しなきゃならないぞ。汗を流せ」

「ごめんだ。俺は帰る」

「馬鹿言え。チャンピオンになって、会見もしないなんてわけにいくもんか」

　三郎は肩をすくめた。松井は、

「段取りをつけてくる」

　と言って出て行った。

三郎はグローブを外した手をじっと見ながら座っていたが、ふと気が付くと、戸口に、十六、七かと見える少女が立っていた。ジーンズにデニムのジャケット。

「――何だ」

と、三郎は言った。「サインでもほしいのか」

少女はどこか暗い印象の目で三郎を見ながら、

「私は清水千寿（ちず）」

と言った。

「――清水？」

「清水元の娘よ」

「娘だって？　だけど――」

「お父さんは、三十四と言ってたけど、本当はもう四十だったの」

「そうか。――俺に何か用か？　痛めつけたが、そっちにもファイトマネーが入るし、損はないだろ」

と、三郎は言った。

「救急車で運ばれた」

三郎はちょっと絶句した。清水千寿は、

「助かるかどうか分らないって」

と言った。

「そいつは……気の毒だな」

「分ってる。プロのボクサーだものね、こんなこともある」

「ついて行かなかったのか」

「お父さんに言われたの。笠井三郎に言っといてくれって」

「何だ。文句があるのか」

「そうじゃない」

と、千寿は首を振って、「『今度やるときはＫＯしてやる』って」

三郎は、面食らってその少女を眺めていた。――三郎が何も言わない内に、少女は行ってしまった……。

2　傷

「ゆうべ見た？　凄かったね！」

という声が聞こえて来た。

「また、あの話ね」

と、紅茶を飲みながら、ため息と共に言ったのは、〈すずめバス〉のバスガイド、町田藍だった。

「でも、変ね」

と、向いの席にセーラー服で座っていた遠藤真由美が言った。「笠井三郎が勝ったのに、新聞も

TVも、相手の清水元が『勝った』って騒いでる」

「KO勝ちにしなかったからでしょ」

と、藍は言った。「清水って人も、意地があったのね」

——遠藤真由美は十七歳の高校生だが、〈すずめバス〉の常連客、かつ、〈幽霊と話のできるバスガイド〉町田藍のファンでもある。

「でも、フラフラになるまで殴り合うなんて、よくやるわね」

と、真由美は感心したように、「私なら、リング中逃げ回っちゃうな」

「私も同じ」

と、藍が苦笑して、「痛いことって嫌いなの」

「でも、今朝、電車の中で、サラリーマンのおじさんがスポーツ紙を見てて、見出しに笑っちゃったな。『〈KO牧場の決斗(けっとう)〉、清水に軍配』ですって」

「〈OK牧場の決斗〉に引っかけたのね」

「昔の西部劇よね、私、TVで見たことある」

「そう？　真由美ちゃんの生まれるずっと前の映画よ」

「うん、私、西部劇って好きで、よく見るの」

と、真由美は言った。

「へえ。意外な趣味ね」

「というか、映画ファンだから。ね、知ってる？　〈OK牧場の決斗〉って、タイトルの訳、間違ってるんだよ」

「どうして？」

「タイトル、英語じゃ〈ガンファイト・アット・ザ・ＯＫコラル〉っていうんだけど、〈コラル〉って牧場じゃないの。カウボーイがずっと牛を追って来て、町でひと休みするとき、牛たちを一時的に入れておく、柵の囲いを言うのよ。牧場じゃない」

「へえ、よく知ってるわね」

「うん。でも、だからって〈ＯＫ囲いの決斗〉じゃ迫力ないもんね。〈牧場〉にしなきゃしょうがなかったのかな」

「確かにそうね」

好きな映画の豆知識を仕入れるのが楽しみだった経験は、藍にもあった。むしろ今どきの子としては、真由美は珍しい正統派の映画ファンなのかもしれない。

すると、そのとき、奥の方の席で、

「いい加減にしてよ！」

と、叫ぶように言う女の子の声がして、ティールームの中の客たちは、みんな何ごとかと振り向いた。

声を上げたのは、ジーンズ姿の女の子で、たぶん真由美と同じくらい――十六、七だろう。

向い合った席に座っていたのは、髪を赤く染めた中年女性で、かなり太めの体型だった。

「そう怒ることないでしょ」

と、不服げに、「結構なファイトマネーが入ってるはずよね」

「昨日試合があったばかりなのよ。そんなにすぐお金が入るわけないじゃないの」

「でも、入ってくるのは分ってるんだから、今あるお金で都合つけてよ」

「無理言わないでよ、お母さん」

——話を聞いていた真由美が、小声で、

「ね、藍さん。もしかして……」

「そうらしいわね」

と、藍は肯いた。「あんな娘さんがいたのね」

「あれが、奥さんなのかしら」

「しっ。聞こえるわよ」

しかし、その母親らしい女は、

「千寿、忘れないで。私は今でもあの人の正式な妻なんだからね」

千寿と呼ばれた娘は、じっと相手をにらんで、

「妻なら、もっとお父さんのこと心配したらどう？　お父さん、救急車で運ばれて入院してるのよ」

と言った。

「ボクサーなら、そんなこと珍しくもないわ。いちいち心配なんかしてられないわよ」

「お母さん——」

千寿は、怒鳴りたいのを、何とかこらえているようで、「ともかく、すぐには無理よ。今日は帰って。お父さんと話ができたら、連絡するから」

「そう？　でも、できるだけ早くね」

と、冷ややかに言うと、「ここ、払っといてね。私、細かいのを持ってないの」

さっささと立ち上って、店を出て行ってしまう。店内の客は、そんな残った少女の方へ目をやった。

「――可哀そうね」

と、真由美が言った。「入院してるんだ、清水元って」

「何ともなければいいけどね」

藍は、試合そのものを見てはいなかったが、ニュースのスポーツコーナーで、笠井三郎が一発で清水元を倒すところ、そして、KOされたと思われた清水が立ち上る姿を見ていた。

あの勢いで倒れたら、後遺症が残りそうだが……。

すると――あの娘が立ち上って、何と藍たちのテーブルの方へやって来た。そして、

「すみません、有名なバスガイドの町田藍さんですね」

と言ったのである。

「私、以前から〈すずめバス〉の町田藍さんのツアーに行ってみたかったんです」

藍と真由美のテーブルに加わった清水千寿はクリームソーダを飲みながら言った。「でも、私みたいな子供が一人で申し込んじゃいけないのかと思って……」

「ちっとも構わないのよ」

と、真由美が言った。「私だって、いつも一人よ。私、十七。千寿さんは？」

「私も同じです」

「何だ。じゃあ、よろしくね」

「どうも。――でも、私、中学しか出てなくて。その辺で、ちょっとグレちゃって、高校に行かなかったの」

「そんなの、どうってことないわよ。その気になれば、いつだって……」

「千寿さん」

と、藍が言った。「お父さんの具合はどうなの？」

「ええ。けがはしょっちゅうですけど、昨日は……。笠井三郎さんの一発が相当応えたようです」

「大したことないといいわね」

「ありがとう」

と、千寿はホッとしたような微笑を浮かべた。「さっきは――みっともないところを……」

母親は和子（かずこ）という名だと言った。藍は、

「お母さんは別に暮してらっしゃるの？」

と訊いた。

「ずっとうまく行ってなくて。私が七、八歳のころに家を出ちゃったんです」

「そう。じゃ、あなたはお父さんと二人で？」

「ええ。家のことは私がやらないと」

「偉いなあ」

と、真由美が言った。「私なんか何もできない。自慢じゃないけど」

千寿が明るく笑った。そこへ、ケータイが鳴って、

「すみません。――もしもし」

と、千寿は出たが、「――え？　父が……」

千寿はサッと青ざめた。


「すみません。無理を言って」

千寿は、父親の入院している病院に着くまで、何度もそうくり返した。

清水元の容態が急変したという知らせに、千寿は、

「お願いです。一緒に行ってもらえませんか」

と、藍に頼んで来たのだった。

もちろん、藍と真由美がついて来たのは言うまでもない。

エレベーターを降りると、千寿はこわばった表情で、ナースステーションに声をかけたが――。

「ああ、娘さんね」

と、中年の看護師が対応して、「今、先生を呼んでくるわ」

「はい。あの、お父さん……」

と、千寿が言いかけると、

「危なかったけど、大丈夫だったの」

と言われて、

「そうですか！」

と、胸をなで下ろした。

「ただね……。先生から話すわね」

と、看護師は足早に行ってしまった。

藍は、真由美と顔を見合せた。「大丈夫だった」とは言いながら、その後の「ただ」が気になっていた。

そこへ、

「千寿さん」

と、パンツスーツの女性がやって来た。

「あ、洋子さん」

「どう、清水さん？」

「今、担当の先生が……」

千寿は、藍たちを紹介して、「スポーツ紙の記者の市原洋子さんです。父とも仲が良くて」

三十前後だろうか。髪を短く切って、いかにも身軽な感じの女性だ。

「まあ、あなたが〈幽霊と話のできるバスガイド〉さんなんですか！」

と、藍に名刺を渡す。

「あ、それじゃ――」

と、真由美が言った。「見出しに〈KO牧場の決斗〉ってやったの、あなたですか?」

「ああ……。はい、そうです」

「面白い記事でした」

「恐れ入ります」

と、藍が言った。

「先生が――」

白衣の医師は、

「やあ、千寿君」

と言った。「びっくりしたろうね。――実は、お父さんは少し心臓に問題があったんだ。聞いてたかい?」

「いいえ――知りませんでした」

「そうか。まあ、危なかったが、何とか持ち直したよ」

「ありがとうございます!」

千寿の声が弾んだ。しかし――。

「君に言わなきゃいけないことがあるんだ」

と、医師が言った。

「え……」

「ゆうべのパンチをまともに受けたせいだろうが……視神経をやられて、回復しなかった」

「それじゃ、お父さん……」

「残念だが、視力を失ったんだ」

「目が……見えないんですか？」

「そういうことなんだ」

千寿がよろけそうになるのを、藍が支えてやった。

「お父さんに会うかい？」

と、医師が言った。


「お父さん……」

ベッドのそばに行って、千寿が声をかける。

「千寿か……」

目の上に分厚いガーゼをのせた清水元が言った。「何だ、泣いてるのか」

「泣いてないよ」

無理をしていたが、涙まじりの声になるのはどうしようもない。

「心配するな。まだ死にゃしない」

「分ってる」

千寿は父親の手を取った。

「――清水さん」

と、声をかけたのは――。

「ああ、待ってくれ」

と、清水はちょっと考えて、「分った。〈Kスポーツ〉の洋子だろ」

「当りです」

と、スポーツ紙の記者、市原洋子が言って、

「昨日の試合、汗が飛んで来る所で見てました」

「そうか。確かに、三郎の左のパンチはよく効くよ」

と、清水は呑気に言った。「しかし、俺は倒れなかった、そうだとも」

「三郎さんが悔しがってますよ」

と、洋子は言った。

「年寄を馬鹿にするもんじゃないってことさ」

「でも、お父さん……」

と、娘の千寿が口ごもると、

「分ってる」

清水は肯いて、「失明するボクサーは少なくない。仕方のないことなんだよ」

と言った。

「うん。でも……」

「心配するな。お前の世話にはならん」

「え？　それじゃ、どうするの？」

「そういう施設に入る」

「そんなこと――」

「大丈夫だ。ボクサーである以上、その覚悟はあった。お前と一緒だったら、お前は一生俺の世話をして暮すことになる」

「それでもいいよ」

「こっちがお断りだ」

と、清水は苦笑して、「お前を結婚させて、孫の顔を見たい――いや、触りたい」

「私、結婚なんかしないよ」

と、千寿が口を尖らす。

「子供のくせに何言ってる。好きな男ができたら、気が変る」

そして清水は、ふと目を入口の方へ向けると、「他にも誰か来てるのか？」

と訊いた。

「私が無理言ってついて来てもらったの」

と、千寿が藍たちを紹介した。

「わざわざどうも……。娘の話し相手になってやって下さい」

「ご心配なく」

と、藍は言って、「私たちがいるのを、よくお分りでしたね」

「何となくね」

「とても鋭い感覚をお持ちと感じます」

「見えなくなったせいかな」

それにしても……。視力を失って、他の感覚が研ぎすまされることはある。

しかしそれは長い時間がたってからだ。こんなに急に……。

3　空振り

「おい、チャンピオン！　いくら儲かったんだ？」

その男はかなり酔っていて、しつこく三郎に絡んで来た。

まだ十代だったころから、よく飲みに来ていた居酒屋だった。

三郎は酔っ払いのことなど相手にしなかった。しかし、五十絡みのその男は、

「お前はいいよな。チョイチョイって相手を殴りゃ、それで何千万も懐に入るんだからな」

と、酒くさい息を吐きかけてくる。「そうだろ？　俺なんか、毎日毎日、朝から晩まで働いてよ。

それでも食べてくのがやっとだぜ。ひでえ話じゃねえか」

「一人で飲みたいんだ」

と、三郎は普通の口調で言った。「向うへ行ってくれ」

「何だと？　フン、ガキのくせして、偉そうに。――向うへ行け、だと？　だったら、力ずくで行かせろよ。得意のパンチで一発食らわしてみろ」

三郎は黙って、ウイスキーを飲んでいた。

――清水元が、命は取りとめたものの、失明したと聞かされてショックだったのだ。

ケータイが鳴った。

「――もしもし」

「どこにいるの？」

「今、飲んでる」

「お酒？　体に悪いわよ」

と、清水の娘、千寿は言った。

「少しは飲まないと、やり切れないよ」

と、三郎は言った。「親父さんは何か言ってたか」

「あんたのこと、恨んだり怒ったりしてないよ。覚悟してたたって」

「そうか。でもな……」

酔っ払いが、いきなり三郎の手からケータイを引ったくった。

「おい！」

「何だ、女か？　もしもし、お前はチャンピオンの女なのか？」

「よせ！」

三郎は酔っ払いの手からケータイを奪い返そうとして、相手を突き飛ばしていた。

「何しやがる！」

尻もちをついた男は、「俺に乱暴しやがったな！　訴えてやる！」

と、叫ぶように言った。

「もしもし。――いや、何でもない。ちょっと……。後でかける」

「見ろ！　肘を打ってけがしたぞ！　金を払え」

と、酔っ払いが三郎の腕をつかむ。

「離せ！」

三郎もとっさにカッとなって、拳を固めて酔っ払いの顔面を打っていた。

しまった、と思った。

プロボクサーの拳は凶器だ。一瞬のことで、我を忘れて、力をこめて殴っていたのだ。

だが――何だか妙だった。

「痛えな……。この野郎、人を殴りやがったな！」

よろけて、顔を手でさすっているが、倒れもしていない。

「やってみろ！　お得意のパンチで、俺をノックアウトしてみやがれ！」

と喚いている男を、三郎は呆然として眺めていた。

こんなはずはない。素手で本気で殴ったら、素人の相手はひとたまりもないはずだ。それなのに……。

「もうやめてくれ」

と、三郎は言った。「殺したくない」

「殺すだと？　殺せるもんなら殺してみろ」

男は自分の拳を固めて、三郎の頭を殴った。

「やめろ！」

三郎は落ちついていた。

いつも通り、拳を固めて力をこめたパンチを――。

しかし――おかしかった。力が入らないのだ。こんな馬鹿な！

殴られた男は、顔をこすって、

「痛えじゃねえか」

と、ブツブツ言っている。

「もう、それぐらいにしとけよ」

と、居酒屋のオヤジが言った。「本気で殴ったら、あんたなんか骨折じゃすまねえよ。三郎ちゃんが本気を出さねえ内に帰んな」

酔っ払いは、何だか急に興味を失ったように、

「フン……。つまらねえ……」

と呟きながら、店を出て行ってしまった。

「──よく我慢したな、三郎ちゃん。カッとなったら危ねえとハラハラしてたぜ」

と、オヤジが言った。

「ああ……。あんなの、慣れっこだ」

三郎は何とか作り笑いを浮かべて、「俺も行くよ。明日は取材があって、朝早いんだ」

足は、いつの間にか初めて通っていたジムに向っていた。トレーナーの松井と会ったのもここだ。

いらない言いわけなどして、三郎は店を出た。

もちろん、ジムは閉っていて真暗だ。三郎は、鍵のある所を知っていた。

明りを点け、サンドバッグの前に立つ。

俺が一撃すれば、こんな古くなった安物のサンドバッグは、破れて中の砂がドッと落ちてくる。

──そのはずだ。

三郎は拳を固め、本当の試合のときのように構えると、息を整えて、思い切りパンチをサンドバッグへ叩きつけた。


「どうしたのよ」

と、[illegible]寿が言った。「いつもの三郎らしくない」

「何でもねえよ」

「だけど……」

「いやなのか、俺が？」

「そんなこと言ってないでしょ」

千寿は裸のままで三郎の胸に身をあずけた。

「ただ……何だか落ちつかないみたいだから」

「そうか？」

「父さんのこと、気にしてるのなら、いいんだよ」

ラブホテルの一室。

三郎は、一目で千寿にひかれた。そして、かなり強引に彼女をものにした。

しかし、千寿も三郎に惚れていた。

こうして一つベッドで愛を交わすのも、何度めかだった……。

「――おい、千寿」

「うん？」

「お前……俺がボクサーでなくなったら、俺を捨てるか？」

千寿は目を見開いて、

「ボクシング、やめるの？　やっぱり父さんの目のこと、気にしてんだね」

「そういうわけじゃないけど……」

「変な三郎」

と、千寿は笑って、三郎にキスすると、力一杯抱きついた。

「だけど——お前だって、親父さんの面倒みなきゃならないだろ」

「父さんは『必要ない』って言ってるよ。どこか、そういう施設に入ってやっていけるって」

「そうなのか？」

「そう言ってるだけかもしれない。——もし三郎と私が一緒に暮すことになったら、父さんが同居しても構わない？」

「俺はもちろん……。でも、清水さんはどうかな」

「そのとき考えりゃいいよ」

やはりまだ十代の少女である。千寿はともかく三郎に甘えたかったのだ。

「そうだな」

三郎が千寿を抱こうとしたとき、三郎のケータイが鳴った。

「——誰だ？」

三郎は手に取って、「松井さんだ。出ないわけにいかないか。——もしもし」

と出ると、

「おい！　チャンスだぞ！」

と、松井の声が飛び出して来た。

「何だよ、いきなり」

「お前の試合を見て、アメリカから申し入れがあったんだ。〈K・ジョーンズ〉が試合したいと言って来た」

三郎も名前は知っている大物ボクサーだ。

「そんなこと……」

「もちろん、タイトルには関係ない。だけど絶対話題になる。しかも向うが東京へ来て戦うってんだから有利だ」

松井の声は弾んでいた。「ふた月後だ。トレーニングの時間も取れる」

「だけど……。待ってくれ」

三郎はベッドに起き上って、「な、少し考えさせてくれ」

「何言ってるんだ！」

と、松井は呆れたように、「今のお前なら大入り満員間違いなしだ。ファイトマネーだって、うんとつり上げられる。スポンサーに名のりを上げてる会社が、もう三つもあるんだ」

「おい、もう公表しちまったのか？」

「正式にゃまださ。だけど、俺にゃ方々にコネがあるんだ。ニュースになる前に知らせてやった」

「どうしてそんなことするんだ！　試合するのは俺だぞ！」

と、三郎もカッとなった。

「お前は何も分ってない。いいか、タイミングってものがあるんだ。この間は、ＫＯ勝ちを逃した。ファンはお前が得意のパンチで相手をノックアウトするところを見たがってるんだ。試合に殺到するぜ」

「勝てるとは限らないだろ。相手が相手だ」

「なに、そのときは、先輩に華を持たせたんだと言っとけばいい。大丈夫、今のお前なら勝てる」

「だけど――」

「すぐ記者会見をセットするからな。俺に任せとけ」

松井はそれだけ言って、切ってしまった。

「――どうするの？」

と、千寿が言った。

松井の声は充分に聞こえていたのだ。

「俺は……」

と言いかけて、三郎はベッドから出ると、

「今夜はもう帰れよ。俺は考えたいことがあるんだ。一人でな」

千寿はちょっとふくれっつらになったが、

「いいわ」

と、肩をすくめて、「何か悩んでることがあったら、私にも言ってね」

三郎は答えずに、シャワーを浴びにバスルームへ入って行った。


病室は暗かった。

深夜だ。清水の入っている個室は静かで、そっと入って来た男の息づかいさえ聞こえそうだった。

「三郎か」

と、ベッドから清水が言った。

「――どうして分った？」

「お前の呼吸だという気がしたんだ」

と、清水は言った。「こんな夜中に見舞か？」

「清水さん、あんたに訊きたいことがあるんだ」

三郎は少し目が慣れて来て、ベッドのそばの椅子にかけた。

「どうしたんだ？」

「実は……」

「ニュースで聞いたよ。大物とやれるじゃないか」

「ああ、しかし……」

「どうしたっていうんだ？」

少しして、三郎は言った。

「その試合をやれば、俺は死ぬ」

「何だって？」

「あんた、俺に何かしたか？　まじないでもかけるとか」

「冗談だろ。――しっかりしろ、チャンピオンなのに」

「力が入らないんだ」

と、三郎は言った。「あの試合の後、俺はパンチも体も、素人になっちまった」

「どういう意味だ」

三郎は我が身に起ったことを話した。

「妙な話だな」

「ああ。だけど本当なんだ。だから清水さん、あんたが俺のことを——」

「おい、本気で言ってるのか？　今の俺にはワラ人形に五寸釘を打ちつける力もないよ。気のせいじゃないのか」

清水は冗談めいた口調で言った。

「——そうか」

三郎は肯くと、「いや、これで俺がどうなっても、あんたは気にしなくていい」

そして、三郎は病室から出て行った。

三郎がエレベーターに消えると、隠れていた千寿が姿を見せて、扉が閉じたエレベーターを、じっと見送っていた。

そして、自分もエレベーターへと向った。

千寿がエレベーターで下りて行ってしまうと、廊下の暗がりの中から出て来たのは藍だった……。

4　KOツアー

「珍しいね、藍さんがボクシングの試合を見るツアーを企画するなんて」

「きっと何かとんでもないことが起るのよ」

と、真由美が言った。

スタジアムの中は凄い熱気だった。

〈K・ジョーンズ対笠井三郎〉

チケットは即日完売。——場内には異様な熱気と期待の空気が満ちている。

藍は限られた「お得意さま」だけに声をかけ、この会場に呼んだ。

「藍さん、何なの？」

と、真由美が隣の席から訊いた。

「分らないのよ」

「また、そんな！　私にまで隠さなくたって」

「そうじゃないの。——三郎さんは今夜死ぬつもりで来てるはずだわ」

「死ぬ？　どうして？」

「状態が変ってなければ……ね。どうなるのか私にも分らない」

と、藍は言った。

「あの清水って人と何かあったの？」

「あったかなかったか……。それも試合で分るでしょう」

と、藍が言うと、選手の入場を告げるアナウンスが場内に響いた。

金髪のジョーンズが入場してくる。そして三郎。——歓声と拍手、口笛が、空気さえ震わせた。

三郎の顔はやや青ざめて、表情がなかった。

「――始まるわ」

と、真由美が言った。「三郎のパンチがいつ出るか、みものね」

「そうね……」

ゴングが鳴って、試合は始まった。

しかし――何だか妙だった。

三郎が、一向に打ち合おうとしないで、リング上を動き回っているのだ。

相手も面食らっていたが、会場にも当惑の空気が溢れた。

第2ラウンド、第3ラウンドになっても、三郎は相手と接触さえしない。

第3ラウンドが終って、コーナーへ戻るとき、ジョーンズが怒ったのか、三郎の肩をつかんで振り向かせると、腹を打った。

三郎がよろけて、ロープにつかまり、何とか倒れずにすんだ。

「――そんなに強く打った？」

と、真由美が目を丸くしている。

「やっぱり……」

藍は、三郎の体が、もはやボクサーのそれではないことに気付いた。

まともに相手の一撃を受けたら、命がないかもしれない。

藍は席を立って、通路を駆けて、静かな所へ出ると、ケータイを取り出した。

「——藍さん?」

「千寿さん、TV、見てる?」

「ええ。本当なのね、三郎のこと」

「松井って人に連絡して、やめさせて。三郎さんは殺される」

「でも——もう次のラウンドだわ」

不満の声が場内に溢れて、三郎も、相手とぶつからずにはいられなかった。

打たれるのを何とかかわしながら、自分もパンチをくり出したが、全く応えない。

「もうだめだわ」

と、千寿が言った。

三郎が顔面にパンチを食らって、リングに倒れた。ワーッと声が上る。

しかし、そうひどくやられたわけではなかったようで、三郎は「シックス、セブン」辺りで何とか立ち上った。

藍はリングサイドへと駆けて行った。

「——何してる! 三郎、打つんだ!」

松井が苛立って怒鳴っている。

「やめさせて!」

藍が松井の腕をつかんで言った。「タオルを投げて!」

「何だ、あんたは?」

「三郎さんは戦えないのよ！　見れば分るでしょう！」

「放っといてくれ！　あいつは怖くなっただけだ。やられてカッとなりゃ力が出る」

「そういう話じゃないんです！　あの人は――」

怒号が声をかき消した。

三郎がまた打たれて倒れたのだ。

立ち上れない。――カウントは、無情に、「シックス、セブン、エイト……」

と進んで行く。

そのとき、つながったままのケータイから、

「父さん！」

という千寿の叫び声が聞こえた。

「ナイン――」

三郎が弾かれたように立ち上った。

そして、真直ぐにジョーンズへ向って行った。

相手のパンチをかわすと、三郎の〈左〉が相手を捉えた。

一撃で勝負はついた。

ジョーンズは倒れて起き上れなかった。

観客が熱狂した。

藍はもう一度静かな所まで出ると、

「もしもし?　——千寿さん」

しばらくして、

「藍さん……」

と、千寿が出た。

「お父さんは?」

少し間があって、

「今、お医者さんが……」

分っていた。——三郎に力が戻ったとき、清水は……。

「——死んじゃいました」

千寿が涙声で言った。

「まさか、ご自分で……」

「心臓が発作を起こしたのに、黙っていたようです」

「そう……」

「藍さん、三郎に、あなたから伝えてくれませんか」

「それでいいの?」

「ええ、その方が……」

「分ったわ」

——藍は通話を切ると、リングの方へと戻って行った……。

「勝ったのは清水さんだったんだ」

三郎の言葉の意味を分った者はほとんどいなかった。

三郎はボクシングをやめなかった。千寿と結婚して〈清水〉の姓を名のり、〈清水三郎〉としてリングに上った。

死者の試写会へようこそ

1　プレビュー

「最近じゃ珍しいよね」

と言ったのは、高校生の遠藤真由美、十七歳。

「え？　何が？」

エレベーターが静かに上って行く。透明エレベーターで、上るにつれ、明るい都会の夜景が広がって行く。

「こういうスニークプレビューって、昔はよくあったみたいだけど、最近あんまり聞かない」

と、真由美が言った。「ま、新作映画をタダで見られるんだから、損はないけど」

「同伴しちゃっていいの？」

と訊いたのは、真由美が「お姉様」と慕う〈すずめバス〉のバスガイド、町田藍。

「うん、だって、招待ハガキ一枚につきお二人様だもの」

と、真由美がハガキを手にしてヒラヒラと振って見せる。

学校帰りの真由美は、セーラー服に学生鞄である。町田藍の方は今日はお休み。

「あ、着いた」

一番上の十五階が、試写会場である。

三百人ぐらいのホールか。半ば席は埋っていた。

「何やるのかな？」

「スプラッタじゃねえよな。俺、ああいうの見ると貧血起こすんだ」

と、しゃべっているのは男子高校生らしい二人。

「この辺でいいね」

真中から少し後ろの席。――クッションが良くて快適である。

退屈な映画なら、眠ってしまいそうだ。

「資料も何もないのね」

と、藍が言うと、

「そこが面白いの。上映されるまでどんな映画なのか、全く分らない」

話題作りということか、こういう試写を、スニークプレビューといったのは、真由美の言葉通りだ。

オーソドックスな映画ファンの真由美は、ひと昔前の事情にも詳しい。

お金持の真由美の家は、あちこちの株主で、こういう招待券がしょっちゅう舞い込むのだ。

客席が三分の二ほど埋ると、アナウンスがあって、

「間もなく開映です。どんな映画が映し出されますか、お楽しみに」

すれすれで、バタバタと駆け込んで来た客が五、六人いて、真由美たちの前の列に一人が座ろう

としたが――。

「あれ？　真由美ちゃん？」

「あ、叔父さん」

「久しぶりだね。大きくなったな」

「もう高二だよ」

「そうか。こんな時間に映画も見られるわけだ」

「信用あるもの。叔父さんと違って」

「おい、どういう意味だい、それは」

と、笑って言ったのは、垢抜けした中年の紳士。

「藍さん、この人、私のお母さんの弟で、村崎徹っていうの」

「へえ、真由美ちゃんのお友達？」

と、その男性は言った。

「町田藍さん。私の大切な人なの！」

「ただのバスガイドです。よろしく」

と、藍は会釈した。

「これはどうも。真由美ちゃんのお守り役ですか？」

と、村崎徹は言った。

「いえ、お供と言った方が」

「おっと、もう始まるな」

と、村崎が席につくと、

「叔父さん、藍さんの前の席じゃ、邪魔。一つずれて」

「や、これは失礼」

「いいんです。そんな。真由美ちゃん――」

と、藍は恐縮したが、真由美は、

「いいの。叔父さんは私の言うことなら何でも聞くから」

と、澄ましている。

ブザーが鳴って、ホール内が暗くなった。

そして映画は始まった。

――どうやらサスペンス物らしいわ、と藍は思った。

タイトルもなく、画面には夜道を歩く若い女性。仕事帰りで、遅くなったのだろう、急ぎ足で、コートのえりを立て、暗く、人気(ひとけ)のない道を辿っている。

すると――その女性が不意に立ち止る。

そして、何かが気になる様子で、後ろを振り返った。――道は暗く、ほとんど何も見えない。

女性は、気のせいだったか、という様子で肩をすくめて、先を急ぐ。しかし、足取りは一段と速くなったようだ。

そして、女性は広い通りに出て、ホッとする。人通りはないが、街灯があり、車も通っている。

足取りを緩めた、その瞬間、背後から伸びた手が、女性の首をつかんでギュッと絞めた。このタイミングはかなりショッキングで、客席から声が上ったほどだった。

もがく女性の手。それが力なくダラリと下って、歩道に崩れ落ちる女性。

そこにかぶせて、〈死の迷路〉というタイトルが出る。

立ち去る犯人の姿はもちろん画面には出ずチラッと影が見えるだけだ。

そして、場面は明るい昼の日射しの中、大きな邸宅の庭で駆け回っている子供たちの、ホッとするような光景に移る。

藍は、ちょっと座り直した。

これはなかなかしっかりと作られた映画だと思ったのである。

単に型通りのスリラーではなく、裕福な大家族の幸福そのもののような日常の中で、静かに生み出されて行く殺意。それが、見ていて納得できるように描かれていた。

あまり映画やTVドラマを見ない藍だが、巧みなストーリー展開に引き込まれて行った。そして……。

この話、どこかで……。

その家族構成や、一家を支える主人の姿、冒頭で殺された女性が、子供二人を育てる母親だったこと……。

私、この話をどこかで、いつか聞いたことがある、と藍は思ったのだ。しかし、はっきりとは思い出せなかった。

映画は一時間を過ぎて、平和な一家に影が射し始めていた。大学生の息子が、車を運転していて事故を起こし、家族から責められる。

その息子は、一家の主人が妻以外の女性に産ませた子で、引き取られて他の子たちと同様に育てられたのだが、彼自身は、家の中でいつも孤立していると感じていた。

その隠れた嫌悪感が、事故をきっかけに表に出てくる。そして彼がただ一人、家の中で味方だと思っていた義姉——長男の嫁——から冷たい言葉を浴びせられる。そのとき、

「——やめてくれ！」

突然、現実の叫び声がホールに響いた。

前の方の席で、男が立ち上った。

「こんなこと——誰も知らないはずだ！　どうしてだ！」

と呻(うめ)くように言って、ホールから駆け出して行ってしまった。

上映が中断し、ホール内が明るくなった。「失礼しました。あの——お客様が——」

と、映画会社の女性が入って来て、「大丈夫でしょうか？」

客からは、

「続きを見せて！」

という声が上り、少しして上映は再開された。

しかし、藍はさっき出て行った男のことが気になっていた。

「誰も知らないはずだ」

と、あの男は言った。

あれはどういう意味だったのだろう。

再び暗くなったホールの中で、藍はその言葉をくり返しかみしめていた……。

2　眠りから覚める

「じゃ、あなたが〈幽霊と話のできるバスガイド〉さん？」

と、真由美の話を聞いて、村崎は目を見開いた。「真由美ちゃんから、話は聞いたことがあったが、こんなに若い美人とは」

「叔父さん」

と、真由美が村崎をにらんで、「藍さんに手を出そうなんて思っちゃだめよ！」

「そんな怖い目でにらむようになったのか、真由美ちゃんも」

と、村崎は苦笑した。

真由美と藍は、試写会が終ると、村崎の誘いで、試写会のあったホールに近い洋食レストランで食事することになった。

「叔父さんのおごりね」

と、真由美に念を押されて、村崎はちょっと傷ついたように、藍の目には見えた。

「――洋食屋さんのオムライスはおいしいですね」

と、藍は食べながら言った。

「大きいね、オムライス」

真由美もオムライスにして、藍のほぼ倍のスピードで食べていた。

「今夜の試写の映画、面白かったね」

と、村崎が言った。「〈死の迷路〉だったかな、タイトルは」

「村崎さん」

と、藍が言った。「私、あの映画の話、どこかで聞いたことがあるような気がするんですけど、ご存じありません?」

「ああ、君もそう思った? いや、僕も見ながら君と同じことを考えてた」

「叔父さん、藍さんのこと、『君』なんて、気安く呼ばないで」

「真由美ちゃん、いいのよ」

と、藍は笑って、「ずっと年上でいらっしゃるんだもの、当然よ」

「おっと、こいつは失敗したな」

と、村崎は笑って、ワインを注文すると、

「そう、あれは今から十五年前に起った殺人事件がモデルだね」

「憶えてらっしゃるんですか」

「たまたま、ちょっと縁があってね」

と、村崎は肯いた。「家族の名は〈神坂(かみさか)〉だった。もちろん映画の中じゃ変えてあったが」

「〈神坂〉……。私も何となく憶えてます」

「一家の主は神坂浩太郎。たぶん七十近かったんじゃないかな。奥さんはしのぶさんといって、六十くらいだった」

と、村崎は言った。「確かに、あの映画の通りだった。長女は結婚して二人の子がいた。そして長男、次女……。その下に、大学生の宏人がいた。二十一だったかな」

「奥さんの子じゃなかったんですね」

「うん。たぶん、神坂浩太郎が会長をつとめる〈K産業〉の秘書だった女性がいて、その人の子だった」

「で、宏人って息子さんは正式に――」

「認知していた。しかし、母親は、彼が生まれて半年ほどで亡くなってしまった」

「それで宏人さんが神坂家に？」

「そういうことだったと思う」

と、村崎は肯いた。「そして、宏人が、車で事故を起こした」

「家族から責め立てられて、じっと耐えていたのが、あるとき爆発！」

「そうなってたね、映画では」

「実際はどうだったの？」

と、真由美が訊いた。

村崎は首を振って言った。

「分らない」

「え？　でも――」

「大学生の宏人が事故を起こした。それは本当だ。しかし、事件がその結果だったのかどうかは、分らなかった」

「事件って……どういうことだったの？」

「一家が皆殺しにあった」

　と、村崎は厳しい表情になって、「神坂浩太郎、妻のしのぶ、長女の岐子（みちこ）、長男の一也（かずなり）。そして次女の香（かおり）……」

　真由美が目を見開いて、

「そんなに？　映画はてっきりオーバーにしてるんだと思ってた」

「漠然とですが、憶えています」

　と、藍が言った。「生き延びたのは、長女の二人の子供たちと、宏人さん……」

「宏人が疑われた。しかし、彼にはアリバイがあったんだ。その日は大学の友人達と旅行に行っていた」

「じゃあ……」

「結局、事件は迷宮入りになったんだ」

　と、村崎は辛そうに言った。「強盗に入った人間が、一家を殺して逃げた、ということで……」

「強盗が？　そんなの不自然だ」

「確かに。しかし、そう説明するしかなかったんだろうな」

話を聞いていた藍は、

「村崎さん、神坂一家と、直接お知り合いだったんですか？　お顔を見ていると、ただのニュースとして知っているだけじゃないと思いました」

藍の言葉に、少し考え込んでいた村崎は、

「――分った」

と肯いて、「藍さんには話してもいいだろう」

そしてひと息入れると、

「僕は、次女の香ちゃんの家庭教師だった。あの子が小学生のときだった」

「そうでしたか」

「いや、驚いたよ。まさかあんな映画だとは思わなかったからね」

食事を終えて、コーヒーを飲みながら、

「村崎さん、試写のとき、妙なことを言って飛び出して行った人がいましたけど」

「ああ、そうだったね。内容がショッキングだったのかな」

そうではない。あの男は、「誰も知らないはずだ」と口走って、出て行ったのだ。

少なくとも、映画のモデルになった事件について、何か知っていたのだ。

あれは誰だったのだろう？

「町田と申しますが」

と、藍は広いロビーの奥の受付カウンターへ行って、声をかけた。

「どちらの町田様ですか？」

と、受付の女性が訊き返す。

「こちらへ伺うように、林さんという方から私の方へ伝言が——」

と言いかけると、

「いいの」

と、受付の女性に言ったのは、藍の方へ歩いて来た女性だった。

「あ、お嬢様」

「私がお呼びしたの」

と、その女性は、「林のぞみといいます。〈すずめバス〉の町田藍さんですね」

「はい、私です」

「こちらへ」

まだ十代かと思える若い娘だった。

〈K産業〉のビルのロビーラウンジへ入って行くと、ウェイトレスが、

「のぞみ様、お珍しいですね」

と言った。

「コーヒーね。町田さんも？」

「ええ、それで」

奥のテーブルに着くと、

「私、〈K産業〉の社長、林の娘で、のぞみです」

「分りました。お母様は十五年前に亡くなった岐子さんですね」

「ご存じでしたか」

「村崎さんとこの間お話しして。——今日こちらに呼ばれたのは偶然ではないと思ってました」

あの事件で、もう一人殺されなかったのは、長女岐子の夫、林誠だった、と調べて知った。

林は、もともと〈K産業〉の課長だった。今は、会長だった義父の後を継ぐように、社長のポストにいる。

「お兄様がいらっしゃるのですね」

と、コーヒーを飲みながら、藍は言った。

「はい。一歳違いで、今十九歳の卓也です」

「あなたは十八？　大学生ですか？」

「ええ。K大の医学部に」

いかにも頭の切れそうな女の子である。

「村崎さんが、あなたに何か……」

「この間、〈死の迷路〉という映画の試写のとき、町田藍さんとお会いしたと。それで、一度私に会ってみてはと言ってくれたんです」

「私のこと、どうおっしゃっていました？」

「ふしぎな力を持っている人だと。もしかすると、十五年前の事件の真相を突き止めてくれるかも、と……」

「それは買いかぶりというものです。私は特別な能力を持ってるわけでは――」

「でも、死んだ人とお話ができると」

「ごくまれに、です。あちらが近付いて来てくれなければ、何もできないのです」

「でも、すばらしいわ」

「お母様にお会いになりたいのでしょうね。お気持はよく分ります。でも、あまり期待していただくと……」

「それは承知です」

と、のぞみはきっぱりと言った。「私も医者の卵ですから」

「そうですね」

と、藍は少しホッとして、「今日、私と会うことを、お父様はご存じなのですか？」

「いいえ。父はもう過去にはこだわるなと言っています」

のぞみの表情に、微妙なかげが射した。

「もしかして――お父様は再婚された？」

「まだ結婚はしていません。私が二十歳になるまで待つつもりでしょう。でも、部下だった、明石ゆずるという女性との仲は、みんな知っています」

そこへ、

「何だ、ここで遊んでるのか」

と、ラウンジへ入って来たのは、長髪を赤く染めた、ジーンズ姿の若者だった。

「お兄さん、何しに来たの?」

「ちょっと親父に用があってさ」

「お金の話でしょ。今はご機嫌斜めよ」

「なに、顔を見て、仕事のことにちょっと関心があるような話をすると、凄く喜んでくれる」

「いつまでも同じ手は効かないのよ」

藍は、

「卓也さんはどんなお仕事を?」

と訊いた。

「映画を作ってるんです」

と、のぞみは言った。

「え? それじゃ——」

「そうなんです」

と、のぞみは肯いて言った。「あの〈死の迷路〉を撮ったのは、兄なんです」

「話は聞いたことがあるよ」

と言ったのは、林卓也だった。「死者と話のできるバスガイドって。——そうか、映画を撮る前に、あなたのことを知ってれば……」

「でも、あの映画はあくまでフィクションなのでしょう」

と、町田藍は言った。

「名前は変えてあるし、それに、『フィクションです』って入れとかないと、万一訴えられたりすると面倒だからね」

〈K産業〉ビルのロビーラウンジで話していた藍と林のぞみのテーブルに、のぞみの兄、卓也が加わって、コーヒーを注文した。

「十九歳で映画を監督って、凄いことですね。それに、とても良くできていました」

と、藍が言うと、のぞみが、ちょっと冷やかすように、

「だって、強力なスポンサーが付いてるものね。〈K産業〉グループっていう」

「だけど、この〈死の迷路〉で、腹を立てて、二度と金を出してくれなくなるかもしれない」

「お父様は内容をご存じないんですか?」

「ただ『娯楽スリラー』だとしか言ってないんだ」

「それって、まずいんじゃないですか?」

のぞみもそれを聞いて、「評判になれば、いやでも十五年前の事件が話題になるね。お父さん、いやがるに決ってる」

「承知の上さ」

と、卓也は肩をすくめて、「あの事件が曖昧なまま忘れられて行くのはたまらないんだ。——ね

え、町田さんもそう思わない？」

「お気持は分ります」

「ね、もしあなたがお母さんと話す機会があったら、あの映画の感想を訊いておいてよ」

と、卓也は真顔で言った。

「お兄さん、無茶言わないで。あの世でも試写会をやるつもり？」

「いや、もしかしたら、プレビューのとき、ホールのどこかで見てたかもしれないぜ」

「そんなこと言って……」

と、のぞみが眉をひそめる。

「一つお訊きしても？」

と、藍は言った。「あの映画だと、あなた方のお母様、岐子さんだけは、他の方々とは別に殺されたことになっていますが、あれは事実ですか？」

「ええ」

と、のぞみが言った。「同じ夜のことですが、お母さんだけは家の中でなく、帰宅途中で——。

もちろん、あのファーストシーンのようだったかどうか、分りませんが」

「のぞみ、お前、この間のプレビューを見てたのか？」

卓也に訊かれて、のぞみはちょっと「しまった」という顔をしたが、

「だって、気になるじゃないの。内容は何となく洩れ聞こえて来たし」

「どこにいたんだ？　気が付かなかったぞ」

「わざとメガネかけて、マスクしてたのよ。――確かに、よくできてたと思うけど、やっぱり胸が苦しくなったわ」

藍は、二人のやり取りを聞いていたが、

「――あの映画では、宏人さんに当る人物が犯人になっていますね」

「だって、他に考えられないよ」

と、卓也は言った。「アリバイがあることは知ってる。でも、友達を買収したりして、嘘をつかせることだってできるだろ」

「そうですね。ただ、いくら友達でも、殺人に協力するのを分ってて、偽証するでしょうか？」

「うん……。まあ確かに」

と、卓也は渋い顔で、「しかし、それなら誰が犯人なんだ？」

「お兄さん、町田さんに訊いたって分るわけないわ」

「殺された誰かと話をして、犯人は誰か、訊いてくれよ」

「私にはそんな能力はありません」

と、藍は言って、「現実の宏人さんは今どちらにおいでなんですか？」

「それは分らないんです」

と、のぞみが言った。「アリバイがあって犯人でないと分ると、どこかへ姿を消してしまって」

「それって怪しいよな」

と、卓也が言った。「やましいことがなけりゃ、姿を消す必要はないだろ」

「もう一つ、伺いたいんですが」

と、藍は言った。

「僕のことなら、目下恋人はいないよ」

「町田さんはそんなこと訊きたいわけじゃないわよ」

「あの試写会のときです。途中で何か口走って、出て行ってしまった男の人がいたでしょう。お心当りは？」

「そう！　そうだったわ」

と、のぞみが思い出したように、「私も、誰なんだろう、って思った。でも、私の席からじゃ、よく見えなくて」

「僕もホールの一番後ろの席に座ってたから……」

「何て言ってたのかしら？　聞こえた？」

藍は聞いていた。あの男は、

「誰も知らないはずだ！」

と、呻くように言って、飛び出して行った。

しかし、藍は今は何も言わないことにした。

「あれは、内容の分らない試写会なのでしょう？」

と、卓也に訊く。

「一応そういうことになってるけど、調べる手はあるよ。それに、ネットで、あれが僕の監督作だってことは広まってた。だから、どんな話か、出演者とか、スタッフの知り合いから聞いてた人もいるだろ」

「そうですか」

藍は少し考え込んだ。

「町田さん」

と、のぞみが言った。「あの映画から何か感じられたのなら、教えて下さい」

「フィルムに霊は入ってないと思いますよ」

と、藍は言って、「それじゃ……。何か思い当ることがあれば、連絡して下さい」

と、立ち上った。

「もし、お母さんにあなたが……」

「あまり期待しないで下さい。でも——多少思うことはあります」

藍はそう言って、ロビーから出て行った。

3 秘密

夕方、バスが営業所に戻ると、藍は真由美が待っていて、手を振っているのを見てびっくりした。

バスを降りて、

「どうしたの、真由美ちゃん?」

「藍さんに会いたいって人が……」

少し離れて立っていたのは、スーツ姿の女性だった。

「町田ですが」

と言うと、その女性はちょっと険しい表情になって、

「あなたが妙なことを吹き込んだのね、社長に！」

と、決めつけるように言った。

「あの……もしかして、明石さんですか？」

〈K産業〉を継いだ林誠が再婚しようとしている相手らしいと思ったのだ。

「ええ、明石ゆずるです」

と、その女性は言った。

「この人、藍さんが林さんの子供たちに会ったって聞いて、どうしてだか私の方へ文句言って来たの」

と、真由美が言った。

「林社長は、前から遠藤様とお付合があって」

「だからってねえ」

と、真由美がふくれっつらになる。

「で、私が何を林さんに吹き込んだと？」

「お金です」

「お金？　どういうお金ですか？」

「社長が、このところ秘書に言って、銀行から現金を下ろさせてるんです。何に使ってるのか分らないお金を。きっとあなたが超能力だか何かで、お金を出させてるんでしょ」

「そんな能力があれば、もっと楽な仕事をしてます」

と、藍は苦笑した。

「でも、社長は——」

「待って下さい。明石さんは林さんと結婚することになっているのでしょう？　どうして林さんに直接お訊きにならないんですか？」

「それは……」

と、明石ゆずるはちょっと詰まったが、「社長が秘密にしているのには、何か理由があると思うからです。無理に訊き出そうとして、争ったりしたくないんです」

要するに、自分で訊くのが怖いので、藍の所へやって来たというわけだ。

「私にどうしろとおっしゃるんです？」

と、藍は言った……。


「私、探偵じゃないのに」

と、藍は呟いたが、一緒にいた真由美の方は、

「面白いじゃない。人を尾行するって、スリルあるわ」

と、楽しんでいる。

「面白がらないで。――あの人ね」

タクシーを停めて乗り込んでいるのは、間違いなく林だった。

藍は車を出して、タクシーの後をついて行った。――真由美の家の車である。

タクシーは三十分ほど走って、古い住宅やアパートが立ち並ぶ辺りへ入った。

「停った」

と、真由美が言った。

タクシーは、大分古びたアパートの前で停った。――林が降りて来て、ドライバーに何か声をかけている。

「待たせてるのね、きっと」

道が狭いので、タクシーは少し先へ行って停った。

林はアパートの中へ入って行く。

「行きましょ」

どうして自分が、と思いながら、藍は車を道の端へ寄せて停めると、車を降りた。

「かなりオンボロのアパートだね」

と、真由美が言った。「今にも壊れそう」

「少なくとも、〈K産業〉の社長が愛人を囲っとくって所じゃなさそうね」

二人はアパートの中へと入って行った。

二階へ上る階段がある。その上の方から、ブザーの鳴る音が聞こえてきた。

「あれだね、きっと」

そっと階段を上って行く。

ブザーに返事がないのか、ドアを叩く音がして、

「おい、私だ。林だよ」

と、声をかけている。

すると、ドアが開いて、

「大変だ！」

という男の声がした。

「どうした？」

「母さんが――血を吐いて、意識がないんだ！」

「何だって？」

藍たちは急いで二階へ上って、開いているドアの方へ近寄った。

「病院だ！　救急車を呼ばないと」

と、林が言っている。

藍は玄関へ入って行くと、

「失礼します」

と言った。「病人ですか？」

「君は――」

「町田藍といいます」

「君が例のバスガイドか」

「そんなことより――」

藍は上り込むと、布団に倒れている女性へと駆け寄った。白髪の老婦人だ。

「脈はしっかりしています」

と、藍は言った。「今ここへ来るとき、大きな病院がありましたね。ほんの二、三百メートルでしょう。車で運んだ方が早いです」

「ああ……」

藍は立ちすくんでいる男性の方へ、

「お母さんをおぶって行けますか？」

「ああ、もちろん」

「じゃ、下へ。車があります」

と、藍は言った。「真由美ちゃん、エンジンかけといて！」

と、キーを投げる。

「了解！」

「君はどうして――」

と、林が言いかける。

「話は後で。今は病人です」

「分った」

母親を背負った男を車まで連れて行くと、

「林さんはタクシーが待ってるでしょう？　病院へは別に行って下さい」

「分ったよ」

藍は、後ろの座席に母親と男を乗せると、すぐ車を出して、強引にUターンすると、病院へと向った。

ほんの数分。——藍は車を出ると、〈夜間救急〉の入口へと駆けて行った。

「お願いします！　急患です！」

看護師がびっくりして飛び出してくる。

「ストレッチャー！　急いで！」

と、ベテランらしい看護師が指示した。「当直の先生に連絡！」

「はい！」

若い看護師が駆け出して行く。

そのきびきびした対応に、藍は少し安堵した。個人病院らしいが、しっかりしている。

「母さん！　しっかりして！」

と、男が母親をおぶって入って来ると、「血を吐いたんです！」

「分りました。任せて下さい」

と、落ちついた口調で、「ストレッチャーに乗せて。――この先の待合室でお待ち下さい」

「お願いします！」

母親が運ばれて行くと、男はハンカチで汗を拭いた。

「――失礼ですが」

と、藍は声をかけた。「神坂宏人さんですね」

「え……」

男は目を見開いて、藍を見ると、少し間を置いてから、小さく肯いた。


「お母様が亡くなって、あなたは神坂の家に引き取られたと聞きましたが、実はお母様は生きておられたんですね」

薄暗い待合室で、長椅子にかけて、藍は話をしていた。

「ええ……。母は安原百合といって、父の部下でした」

と、宏人は言った。「僕が生まれたとき、父は認知してくれました。でも――奥さんは猛反対したんです。当然のことでしょうが」

「奥さんはしのぶさんとおっしゃいましたか」

「そうです」

と、林が言った。「私も百合さんを知っていたが、控え目な、おとなしい人だった」

「でも、しのぶさんは人を雇ってまで、母にいやがらせを……。身の危険を感じた母は、父にあてた遺書を書いて、自殺したように装い、姿を消したんです」

「それで、神坂浩太郎さんはあなたを引き取ることに」

「もちろん、しのぶさんは反対した」

と、林が言った。「しかし、浩太郎さんには逆らえない。結局、渋々宏人君を引き取ったのです」

林はため息をつくと、

「しかし、まさかあんなひどい事件が起るとは……」

「僕がやったんじゃない！」

と、宏人は言った。

「ちゃんとアリバイがあった。知っています」

と、藍は肯いた。「でも、どうして姿を消してしまったんですか？」

「僕が手を下していなくても、人を雇ってやらせたんだろうと言う人たちがいて。――怖くなったんです。疑われて逮捕されるかもしれないと思って」

「それで姿を隠した？」

「そうすれば、僕が父の財産や仕事を狙っていなかったと分ってもらえるでしょう。実際、僕は小さな町工場で、母の〈安原〉の名で働いてたんです。そこへ母が……」

「あなたのことを見守ってたんですね」

「生きているとは思ってなかったんで、びっくりしました。ずっと連絡しないつもりだったけど、体を悪くして、もう一度僕に会いたくなったんです」

「私に連絡があり、本当に驚きました」

と、林が言った。「今の立場上、もしマスコミに知れたらスキャンダルになる。それで、とりあえず金を持って行き、医者にかかるように言いました」

「それでこういうことに」

と、藍は言った。「でも、事件から十五年です。何があったのか、知らないんですか？」

「分りませんよ」

と、林は首を振って、「浩太郎さんが亡くなって、突然私が社長を継ぐことに。妻が殺されてショックだったたし、一方では会社を何とかしなくては。――夢中で、十五年は過ぎました」

「明石ゆずるさんに、ちゃんと説明してあげて下さい」

藍の話を聞いて、林は、

「それは申し訳ない。――確かに、私が何をこそこそやっているのかと思ったでしょう」

話を聞いていた真由美が、

「藍さん、やっぱりここは出番でしょ」

と言った。

「もう十五年もたっているのよ」

「でも、いつまでも誰が犯人か分らないんじゃ……」

藍は少し考えていたが、

「林さん、事件のあったお屋敷は今どうなっていますか？」

と訊いた。

「そのまま放ってあります。とても住む気にはなれないし、といって取り壊すのも……。その内、何とかしなければと思っていたら、十五年たってしまった」

「分ります」

そこへ、看護師が足早にやって来た。

「息子さん？」

「はい！　母は——」

「血を吐いたのは、胃で出血していたせいです。命にかかわる状態ではないので、安心して下さい」

それを聞いて、宏人は全身で息をつくと、

「ありがとうございます！」

と、涙声で言った。

藍が立ち上ると、

「では、私たちはこれで」

と言った。「林さん。一度、お屋敷を拝見させて下さい」

「分りました」

「私に何かできることがあるかどうか、その場で考えてみます」

藍は静かに頭を下げた。

4　償いの跡

「真由美さん」

と、林のぞみは、隣に座った真由美へそっと言った。「町田さんは何をしようとしてるの？」

「分んない、私にも」

と、真由美は首を振って、「でも、今日の藍さんは、いつになく深刻。きっとあの屋敷に何かあるんだわ」

「そう……。私、ワクワクもしてるけど、不安でもあるわ」

と、のぞみは言った。

「大丈夫。藍さんは人を傷つけたりする人じゃないわ」

――〈すずめバス〉は、すでに薄暗くなりつつある空の下、静かに道を辿っていた。

ハンドルを握るのは君原、そして町田藍はいつもの制服で、ドライバー席のすぐ後ろに座っていた。

〈すずめバス〉の〈特別ツアー〉には、常連の客たちに加えて、神坂宏人、そして林の二人の子供、卓也とのぞみが参加していた。

のぞみは大学生、真由美は高校生だが、年齢は一つしか違わない。のぞみは真由美の隣に座って、すぐに打ちとけた。

加えて、真由美の叔父、村崎徹も後方の席にポツンと一人で座っている。

藍は、いつもと違って、ツアーの詳細を、あらかじめ乗客に説明しなかった。

もちろん、藍のファンばかりの客たちは、そんなことで文句は言わない。

そして、やがて藍が立ち上って言った。

「皆さん。——何もご説明しないで申し訳ありません」

と、客たちを見ながら、「もうご存じでしょうが、今私たちが向っているのは、元神坂邸。十五年前、一家皆殺しの事件の舞台です」

バスの中はいつになく緊張していた。

「屋敷はそのときのままになっています。——私は、一度中へ入ってみましたが、きっちりと戸締りがされていたせいか、荒れ果てた感じは全くありませんでした。——これから、神坂邸に入って、何か起るのかどうか、私にも分りません。ただ——あそこには、誰かを待っている気配があります。もちろん、いつも通り、私には何もお約束できません。ともかく——行ってみましょう、と言うしかありません」

そのとき、君原が、

「あれか?」

と言った。

前方の暗がりの中に、一段と黒々と浮かび上っているのは、大きな屋敷のシルエットだった。

「明りが点いてる」

「私が点けておいたの。——真暗な中じゃ、あまりに気味が悪いでしょ」

バスは、門柱の間を抜けて、広い敷地の中へと入って行き、屋敷の正面に着いた。

乗客たちが降りると、藍は玄関のドアの鍵を開けた。そして、

「どうぞ入って下さい」

と促す。

玄関ホールは広く、天井も吹き抜けになっている。大きなシャンデリアが光を放っていた。

そして——いやでも目をひくのは、正面の壁にかかった巨大な肖像画だった。

神坂宏人が息を吞んで、

「父だ」

と言った。「まるで生きてるみたいだ」

真紅のガウンを着た、神坂浩太郎の全身像だった。実際より大きく、背丈は二メートル半もあった。

「よく似ていますか」

と、藍が訊くと、宏人は、

「そっくりだよ」

と言った。

「僕はまだ小さかったから、よく憶えてないけど……」

と、卓也が言った。

「でも、似てると思うわ」

と、のぞみが言った。

「そうだな」

と言ったのは、村崎だった。「僕が家庭教師に通ってたころは、もう少し若かったと思うけど、よく似てる」

「私が、ここへ入って、やはりまず目をひかれたのは、この肖像画でした」

と、藍が言った。「そして、そのときに思ったのは……」

藍が宏人の方を振り返って、

「宏人さんが、この絵の神坂浩太郎さんと似ていないということでした」

「ああ……。確かに」

と、宏人は肯いて、「母親に似たんですよ」

そのとき、奥のドアが開いて、みんながぎょっとした。

「——母さん！　大丈夫なの？」

と、宏人が言った。

「ええ、こうして出て来るくらいなら」

と、安原百合は言った。「今日はどうしてもここへ来ないといけなかったの」

「どういうこと？」

安原百合は黙って首を振った。

「そういえば、思い出した」

と、村崎が言った。「香ちゃんが言ってたことがある。『うちの兄弟は、みんなお母さん似なの』と」

藍は肯いて、

「そうなんです。私は殺された人たちの写真を見せてもらいました」

と言った。「そして私の感想は、皆さんがお母さん似だというより、お父さんと誰も似ていない、ということだったんです」

「待って、それって……」

と、のぞみが言った。

「浩太郎さんは、自分が男らしさに溢れていると信じておられました」

と、百合が言った。「そして実際、気に入った女性を必ずといっていいほど、自分のものにされていたんです」

「いかにも、そんな風だったよ」

と、宏人が言った。

「そして私のことも、半ば無理やりに手ごめにされ、私も、その力には勝てないと諦めていました。浩太郎さんは、私を気に入り、一度限りの遊び相手でなく、部屋を借りてそこへ住まわせました」

と、百合は肖像画を見上げながら、「すると、ある晩、奥様が――しのぶ様が私を訪ねて来られたんです」

百合は二階へ上る階段の手すりにもたれるように身を任せた。

「私は、てっきり奥様に叱られ、追い出されるのだとばかり思っていました。ところが、奥様は——」

「子供を作ってちょうだい。ただし、他の男の人とね」

と、しのぶは言った。

百合は当惑した。

「あの……それはどういうことですか？」

「主人は、あなたを何度も抱いたでしょ？　あなたが身ごもらなくてはおかしいわ。主人は、避妊なんかに気をつかう人じゃないから」

「でも……」

「たとえ何度抱かれても、主人の子は生まれません」

と、しのぶは言った。「あの人には子供が作れないんです」

百合は愕然とした。

「でも、奥様……。お宅にはお子さんたちが……」

「ええ、三人の子がいます。でも、三人とも浩太郎の子ではないの。他の男との子よ」

「そんな……」

「結婚してしばらく子供ができなかった。私は自分のせいかと不安になって、医者に行った。でも、私には何の問題もなかった。それで、こっそり調べてもらったの。あの人のことを……」

「それで分ったんですね」

「悩んだわ。あの人にとって、女を征服するのは自分の力の証だった。――私も、あの人が外で女と遊ぶのを止めなかった。でも、あの人が、自分には子供が作れないと知ったら、どうなるか……」

と、しのぶは首を振って、「苦しんだ挙句、大学のころの知り合いだった男性を誘って、一度だけ関係を持った。その一度で身ごもって、生まれたのが岐子だった」

「それで……」

「主人も喜んでくれたわ。私は、これでもう解決したとホッとした。でも、主人は、『男の子が必要だ』と言い出した。仕事を継いでくれる男の子が、と。――逆らえなかった。以前、社員だった男性をお金で雇って、そして……。一也が生まれた。でも、今度は私がその男と別れられなくなり、香が生まれたの」

「その男の人は……」

「その後、車の事故で死んだわ。悲しかったけど、ホッとしてもいた。これで良かったんだ、と。――あの人は、血液型だの何だの気にするような人じゃなかったから。でも今度はあなたが……」

「私はただの愛人です」

「いいえ、主人は本気よ。私には分る。――あなたが身ごもらないと、主人はおかしいと思うかもしれない。だから、誰か男の人を見付けて、子供を産んでちょうだい」

百合は、しのぶの真剣な眼差し（まなざし）に、何とも言い返せなかった……。

「じゃあ、僕の父親は……」

と、宏人が言った。

「もうとっくに亡くなってしまったわ」

と、百合が言った。

「待って」

と、青ざめた顔で、のぞみが言った。「じゃ、お母さんを殺したのは誰なの？」

百合が辛そうに目を伏せて、

「あの事件の夜、しのぶさんから私に電話がありました。しのぶさんだけに、連絡先を教えておいたんです。——浩太郎さんが、何かのきっかけで、子供たちの血液型が合わないと知ってしまった、と……。しのぶさんは怯（おび）えていました」

「まさか……お父さんが？」

と、宏人が目を見開いた。

藍が肯いて、

「浩太郎さんにとっては、到底認められなかったんでしょうね。しのぶさんの告白に、自分を否定された気がして……。カッとなってしのぶさんを殺し、びっくりして止めようとした子供さんたちを……」

「何てことだ」

と、卓也が呟いた。「じゃ――お母さんも？」

「それに――お父さん自身も殺されてる」

と、宏人が言った。「どういうこと？」

そのとき、

「私が説明する」

と、声がして、階段を下りて来たのは、林誠だった。

「お父さん……」

のぞみがかすれた声で、「知ってたの？」

「ああ」

林は肯いた。「夜、実家帰りの岐子から電話がかかって来た。誰かに尾けられてる、と。私は急いで家を飛び出した。すぐ近くに住んでいたからな。そして、殺されている岐子を見付けたんだ。私はこの家へ駆けつけた。そこで見た。殺されているしのぶさんと一也さん、香さんを。居間に入ると、浩太郎さんが呆然として座っていた……」

林は肖像画を見上げて、

「すべてを話してくれた。そして私に言った。自分を殺してくれ、と」

と言った。「自分が家族を殺したとなったら、会社がやっていけない。何者かに殺されたことにして、会社はお前が継いでくれ、と……」

林は深く息をつくと、

「どうすべきだったのか……。今でも分らない。ただ、そのときは、殺してほしがっている浩太郎さんの気持が分って、その通りにした」

「お父さん……」

のぞみは、父のそばへ寄ると、肩に手をかけた。「辛かったわね……」

「会社もある。お前たちもまだ小さい。――私は、言われた通りにした。十五年はアッという間だった」

「あの試写室で『誰も知らないはずだ』と言って出て行ったのは、林さん、あなたですね」

と、藍が言った。「息子さんの撮った映画の内容を知って、こっそり見に来ていたんですね」

「あの中で、浩太郎さんに当る人間が、居間から二階へ上って殺されるところが、まるであのときのようだったんだ。偶然だったんだろうが、怖くなって、つい口走ってしまった」

林は息をつくと、

「いつか罪は償わなくては、と思っていた。どうすればいいのか――」

「見て！」

と、百合が叫んだ。

「まあ、肖像画が……」

と、のぞみが息を吞む。

神坂浩太郎の巨大な肖像画が燃えていたのだ。下から炎が上り、キャンバスをたちまち焼き尽くして行った。

そして、すっかり燃えてしまうと、額縁が音をたてて床に落ちた。

——しばらく誰も口をきかなかった。

「今のお話には、何の証拠もありません」

と、藍は言った。「私は胸の中にしまっておきます」

誰もがホッとしたように肯いた。

——引き上げるバスの中で、林は宏人に、「会社へ来たまえ。君にも働いてほしい」

と、声をかけた。

宏人は、隣に座った母親の手を握って、微笑んだ。

——真由美が、席を立って、藍のそばへ行くと、

「藍さんは何か感じてたの?」

と訊いた。

「あの絵からね。でも——私が燃やしたんじゃないわよ」

「分ってる」

と、真由美は肯いて、「でも、男って、そんなに子供にこだわるのかなあ」

藍は苦笑して、

「その悩みに答えを出すには、色々経験しないとね」

「経験かあ……。藍さん、これまで何人経験した?」

「そんなこと、訊かないで！」

藍は赤くなって、「お腹空かない？　帰りに何か食べて帰りましょ」

「あ、ごまかした」

と、真由美は笑って、「やっぱり夜はラーメンだよね！」

月のウサギはお留守番

1　月の影

「絶対、ウサギじゃないよな」

はっきりそう聞こえたものの、恋人同士が二人きりでいるときのセリフとしては、あまりに唐突で、たまきは、

「——今、何て言ったの？」

と、訊いていた。

「え？」

今田広太は、ちょっとポカンとして恋人を眺めていたが、「ああ……。ウサギじゃないって言ったんだ」

聞き間違いじゃなかったのか。でも、どうしてウサギが出て来るの？

「お月様だよ」

と、今田広太は言った。「ほら、よく言うじゃないか。月の表面の影の形が、餅をついてるウサギだって。でも、絶対そうは見えないよな」

「何だ。びっくりした」

と、辻たまきは笑いそうになって、「急にそんなこと言うんだもの、驚くじゃない」

「そうかい？」

「そうよ。それに今どき……。月でウサギがお餅をついてるなんて、子供でも言わないでしょ」

「そう？　僕は小さいときおばあちゃんにそう教わったよ」

「宇宙旅行の時代よ。大体、人間が月まで行ってるんだから、ウサギがいないことぐらい分ってるでしょ」

今田広太は、辻たまきの言葉が耳に入らないように、夜空にくっきりと浮かび上った満月を見上げると、

「うーん」

と唸って、「どうしてあれがウサギの餅つきに見えたんだろう？」

「全くもう！」

たまきは両手で広太の顔を挟むと、グイと自分の方へ向けさせて、その唇に唇を押し付けた。


目が覚めたのは、喉が渇いたからだった。

「ああ……」

目をこすって、ベッドに起き上ると、隣で眠っているたまきの白い肌が目に入った。

月明りが、寝室に射し込んでいる。カーテンを、しっかり閉めておかなかったのだ。

とはいえ、ここは森の奥の別荘で、人が通るわけではないから、二階の寝室を覗かれる心配はな

い。

　裸のままベッドから出ると、広太は伸びをした。

　今田広太はＴＶにもときどき顔を出す天文学者である。

　三十一歳という若さと、見た目のスマートさもあって、ちょっとしたタレント並の人気があった。

　しかし当人はただ、「空を眺めるのが好き」というだけのことなのだ。

　それでも、ＴＶの出演依頼があると、

「天文学の面白さを知ってほしい」

　という思いから引き受けて、結構「浮いてしまう」ことも多い。

　辻たまきは大学の二年後輩で二十九歳。月も太陽も、「心の象徴」としか思わない文学部の出身で、今はＳテレビのアナウンサーである。司会をつとめる「科学バラエティ」風の番組に、今田を招いて出会った。

　専ら学術的な話に終始する今田は、番組を盛り上げるのに全く役に立たなかったが、そんな今田に魅かれた辻たまきは、ここ一年ほど、この別荘でときどき今田と会っていた。

　二人とも独身だが、そういう仲になっても、お互い仕事が第一という性格で、結婚するのやらしないのやら、どちらもはっきりしていなかった……。

　今田広太は、裸の上に、床へ投げ出していたバスローブをはおって、一階のキッチンへ下りて行き、冷蔵庫から冷えたハーブティーを出してグラスへ注いで飲んだ。

　深夜、二時くらいだった。——明日は講師をつとめるＴ大学には午後から出ればいい。もっとゆっくり寝ていられる。

辻たまきの方は、確か夕方の生番組に出るようなことを言っていたが……。まあ、彼女はしっかり者だ。寝坊するなんて、まず考えられない。

居間を通って行こうとして――今田は居間のカーテンも三分の一くらい開いているのに気付いた。

気が付くと気になってしまう。

今田は庭へ出るガラス戸の方へと歩いて行った。そしてカーテンを閉めようとすると……。

芝生が白い月明りに照らされている。

そして、ガラス戸のすぐそばに――

月明りを浴びて、ちょこんと座っていたのは真白(まっしろ)なウサギだった。

「――え?」

こんな所に、どうして?　幻か?

今田はブルブルッと頭を振った。そして目をこすった。

しかし――そのウサギは確かにそこに座っていた。

山の中だ。ウサギがいたって、ふしぎじゃない。

「そうか」

今田はちょっと笑って、「餅つきはお休みかい?」

と言った。

すると――妙なことが起った。

その白いウサギが一回り大きくなったのである。

「え？」

今田は自分の目がどうかしたのかと思った。

「気のせいか……」

何だか気味が悪くなって、「もう寝よう」と、カーテンを閉めようとした。

だが——ウサギはさらに大きくなった。見間違いなどではない。まるで風船に息を吹き込んでいるかのように、そのウサギはどんどん大きくなっていった。アッという間に、今田よりも大きくふくれ上って、その真赤な目がじっと今田を見つめていた。

「何だ……。こんな……こんなことが……」

今田は後ずさった。ウサギはカッと口を開けた。そこは血のように赤く濡れて、ウサギのものとは思えない、鋭い牙が白く光っていた。

「助けてくれ！」

思わずそう叫ぶと、今田は転るように駆け出した。「化物だ！」

よろける足で、キッチンに入ると、テーブルの下へ潜り込む。

振り返ると——ガラス戸は閉っているのになぜか巨大なウサギは居間の中に入って来て、今田の方へと近付いて来た。

「あっちへ行け！」

と、今田はかすれた声で叫んでいた。

しかし、ウサギはさらに大きくなって、今田の上に覆いかぶさるように……。


「今田君。——どこ？」

階段を下りて来て、たまきは言った。

何か叫び声のようなものが聞こえて目を覚ました。そして、ベッドの中に今田の姿がないので、バスローブをはおって階下へ下りて来たのである。

照明は点いていないが、月明りが射し込んでいる。

「今田君……」

手探りで明りのスイッチを押す。

居間に光が溢れた。しかし、今田の姿はない。

「どうかしたの？」

と、声をかけてみると、キッチンの方で物音がした。

居間の明りが、キッチンの手前半分を照らしていた。テーブルの下、奥の方に、うずくまった白い姿が目に入った。

「何してるの？」

たまきは、キッチンの明りを点けた。

「だめだ！」

と、今田の声がした。「明りを点けると、やられるぞ！」

「え？　何なのよ、一体？」

テーブルの下を覗いて、たまきは啞然とした。

今田が小さくなって震えていた。そしてその右手には、キッチンの小ぶりな包丁が握られている。

「どうしたっていうの？」

たまきは、その包丁が血によごれているのを見て、息を吞んだ。

「何なの？　その血は――自分の？」

白いバスローブの胸の辺りに血が飛び散っていた。そして、よく見ると左の腕から血が流れ落ちている。

「大変！　けがしてるじゃないの！　どうしたっていうの？」

しかし、たまきも「ＴＶ人間」である。今目の前にある光景を、何とか説明しようとしていた。

「ともかく、包丁を私に。――ね、もう心配ないから」

と、できるだけやさしい口調で言い聞かせた。

「ウサギだ……」

と、今田は、震える声で言った。

「何て言ったの？」

たまきは、何とか今田の手から包丁を取り上げて、「ウサギがどうしたの？」

「あいつが……。大きなウサギが……」

「ウサギなんていないわよ」

「そこにいたんだ！　僕の倍もある、でかい奴が。そして……牙をむいて、襲いかかって来た……」

「今田君！　しっかりしてよ！」

と、たまきは今田の肩をつかんで言った。

「でも——ともかく左腕の手当をしないと」

出血は止っていなかった。

「救急車を呼んでも——こんな所じゃ、すぐは来ないわね」

決断は早い。たまきは、手近なタオルを手に取ると、今田の左腕の付け根をきつく縛って、

「車で、病院へ行きましょう。五、六分で外科の病院があったわ」

「たまき……」

と、今田は呟くように、「ウサギは……月にはいないんだ……」

と言うと、そのまま床へ倒れ込んで、気を失ってしまった。

2　晴天の月

「あ、月が出てる」

と言ったのは、遠藤真由美だった。

よく晴れた青空に、ポカッとスライドででも映したように白い月が浮んで見えた。

「冷えるわね」

と、町田藍は言った。「真由美ちゃん、大丈夫？　風邪でもひかせたら、お宅で恨まれちゃう」

「平気よ！　何しろ私、十七歳！　若いのよ」

藍は苦笑して、

「それって、私が若くないって意味？」

「まさか！　藍さんはいつまでも若い！　何しろ幽霊と仲良しなんだから」

「ちっとも筋が通ってないわね」

町田藍、二十八歳。弱小バス会社〈すずめバス〉のバスガイドである。

社長令嬢の遠藤真由美は、〈すずめバス〉にとっては大切な「お得意様」だ。しかし、本来は幽霊や心霊現象が大好きという、ちょっと変った女子高校生。

それが、町田藍とすっかり仲良しになってしまい、今は学校のテスト期間など、特別の場合を除けば、藍の乗務するツアーにはほとんど参加している。

「あ、あそこに立札が」

と、真由美は指さした。

今、二人は都心からバスで三時間ほどの山の中へ来ていた。

冬で木々の葉が落ちていたが、それでもかなり奥まった感じはする。そこに〈立入禁止〉の札がある。鉄の門扉には、鎖が巻かれていた。

「ものものしいわね」

と、藍は言った。

「ね？　雰囲気あるでしょ？」

「確かにね」

真由美はバッグから鍵を取り出した。丸い金属の輪に、大きな鍵がいくつもさがっている。

「さ、これで開けるの。――藍さん、開けて」

「いいの？」

「やっぱりこういうのは藍さんの出番よ」

「どういう意味？」


――幽霊屋敷があるの。


遠藤真由美から、そう聞いたのは、ひと月ほど前のことだ。

「長いこと、売りに出てたのに、誰も買おうとしなかったんだって」

それを、真由美の父親が買ったのだという。何と、「真由美へのバースデープレゼント」として！

門扉に巻かれた鎖には、大きな南京錠が取り付けられており、藍は渡された鍵束の中の一つで、それを力をこめて開けた。

ガラガラと音を立てて、鎖が地面に落ちた。

藍は少し錆(さ)びついた門扉を押し開けた。

洋風の館は、壁につたが絡まり、何とも古風な印象だった。

正面の玄関の鍵を開けて、中へ入る。

ひんやりとした空気が二人を包んだ。

「——明りは点くね」

と、真由美が言って、玄関ホールの明りを点ける。「その大きな扉の向うが居間よね、きっと」

真由美が、その両開きのドアを開けようとすると、藍が、

「ちょっと待って」

と言った。

「どうしたの？」

「それを開けると、何かが待ってるわけ？」

「藍さん——」

「分ってるわよ。真由美ちゃんの企(たくら)みね？　私に何をさせようっていうの？」

真由美はちょっと困ったように、

「どうして分った？」

「錆びた門扉は、きしむ音一つしないし、玄関の鍵はスムーズに回るし、この建物、本当は古くないんでしょ？」

「やっぱりばれたか」

「私を騙(だま)す必要なんてないじゃない。いつも大事なお客様のご要望には応えているつもりですけど？」

「分ってるけど……」

すると、両開きのドアが、中から開いて、

「私がお願いしたことです」

と、スーツ姿の女性が現われた。「真由美さんを叱らないで下さい」

「叱ったりしませんよ。あなたは……」

「辻たまきといいます。どうしても町田藍さんに聞いていただきたいことが」

と、辻たまきは言った。


居間はすでに快適に整えられている。

「――どうぞ」

たまきが紅茶を出してくれる。

「突然のことで申し訳ありません」

「それはともかく……。今田さんという方は今、どうしてらっしゃるんですか?」

巨大なウサギの話を、たまきから聞いた藍は言った。

「それが、すっかり月のウサギの妄想に取りつかれてしまって……」

と、たまきはため息をつくと、「一旦は入院したんですが、どこも異状はないということで、退院したんです。それで、TV番組でも、『月に巨大なウサギがいる』とか言い出して……」

「本当に信じてるんだね」

と、真由美が言った。

「そうなんです」

「でも、そう話題になっているようでもありませんが」

「それは、編集でカットしているからです。録画の番組だけでしたから」

「じゃ、生放送では——」

「今のところ、まだ」

と、たまきは言って、「今夜、生放送のトーク番組があります」

「それに、今田さんが出演するんですね?」

「そうなんです」

「降板させりゃいいじゃないの」

と、真由美が言った。「お父さんに言ったげようか」

「真由美ちゃん——」

「真由美さんのお父様の会社は、トーク番組のスポンサーの一つです」

と、たまきは言った。

「それで、真由美ちゃんと知り合いに?」

「私がTVスタジオ見学に行ったとき、案内してくれたのが、たまきさんだったの」

「なるほどね。——でも、今田さんはどうしても出演すると?」

「そうなんです。私、今田君と結婚したいと思ってます。そんな話で、彼が天文学者としての地位を失ってしまうのが辛くて」

「でも——今夜の番組に出るというのに、今こんな所にいて、大丈夫なんですか?」

と、藍が訊くと、

「ええ」

と、たまきは肯いて、「今夜の番組は、ここでやることになっているので」

藍は目を丸くして、

「この屋敷で?」

と言うと、「——真由美ちゃん、私を騙したのね? お父さんのプレゼントだとか言って。いくら何でも——」

「あ、それは本当です」

と、たまきが言った。「ですから、今夜、Sテレビが、ここをお借りすることになって」

「しっかり、使用料も取る」

と、真由美が肯いた。

「それじゃ……今田さんも、ここへみえるんですね」

「はい。たぶん——あと一時間もしたら」

と、たまきが言うと、ケータイが鳴って、

「はい、辻です。——分りました」

「たまきさん、今のは?」

「スタッフから連絡が」

と、たまきはケータイをしまって、「あと五分で、スタッフがやって来ます」

たまきは急いで居間から出て行った。

「——それで〈幽霊屋敷〉なのね」

「TV局の方が、少し雰囲気がほしいって言って。いかにも何か出そうでしょ？」

「だけど、真由美ちゃん、私にどうしろって言うの？」

「巨大ウサギのお化けの真相を知りたいのよ」

「私、ウサギに親戚はいないけど」

と、藍は言って、「ちょっと待ってよ。まさか私にそのトーク番組に出ろなんて言わないわよね」

「そんなこと言わないよ」

「それならいいけど」

「『出ろ』なんて言わない。『出てくれない？』って訊くだけ」

藍が文句を言うより早く、玄関が突然騒がしくなったと思うと、

「どの部屋？」

「その正面よ！　機材を家具にぶつけないでね」

たまきも、現場となると、別人のようにきびきびと指示を出す。

居間にはたまきや作業服の男たちが大勢やって来て、セットを組んだ。

藍は邪魔になりそうなので、玄関ホールへと出た。

「藍さん、どう思う?」

と、真由美が訊く。「月に巨大ウサギがいると思う?」

「まさか。——幻影を見るには、理由があるものよ」

すると、玄関から白髪の初老のスーツ姿の男性が入って来て、

「どうしてこんな所でやるんだ! 家から遠いんだぞ」

「阿部先生、どうも」

たまきが、真由美の方へその男性を連れて来て、

「こちら、T大の天文学科で、今田君の師に当る、阿部達郎教授です」

「先生も出演されるんですか?」

「それは今田君の様子によるがな……。出ずにすめば申し分ない」

しかし、本当はTVに「出たい」と思っていることがひと目で分る。

「やあ、たまきちゃん」

よく通る声のスーツ姿の男性。

TVで見たことがあった。

「ニュースキャスターの本木です」

と、藍と握手して、「この方の衣裳は……」

「私が持参してます」

と、真由美が言って、少し大きめのバッグを開けて、中から取り出したのは——。

〈すずめバス〉のバスガイドの制服だったのだ。

「ここまで……」

藍は呆れたり感心したり……。

TVに出ずにはいられない空気だった……。

3　特番

「でも、どうして？」

と、町田藍は言った。「どうせ生中継するのなら、巨大ウサギの出た別荘でやればいいじゃないですか」

「そこはTV局も今は経費にうるさくて」

と、辻たまきが言った。「あの別荘は父が勤めている会社の所有で、借りると結構高いんです」

「私、格安にしてあげたの」

と、遠藤真由美が得意げに言った。

藍は苦笑するしかなかった。

——真由美の「幽霊屋敷」は、ミニスタジオと化していた。

広い居間も、照明やセットのパネルが置かれて、大勢のスタッフが忙しく立ち働いているので、狭く感じられた。

「たまきちゃん」

と、パンツスーツの女性がやって来ると、

「ご苦労さま。今田さん、本当にみえるよね？」

「と思いますけど。ケータイ、電源切ってるみたいで」

と、たまきは言って、「あの——ディレクターの……」

「厚木(あつぎ)ゆかりです」

四十代か、エネルギッシュな印象の女性である。

「〈すずめバス〉の——」

と言いかけると、

「話題のバスガイドさんですね！　町田藍さん。大いに期待していますので」

と、早口に言って、「たまきちゃん、衣裳チェックよ、本木君も行ってるわ」

「分りました」

「ちょっと！　何やってるの！」

と、厚木ゆかりは若いスタッフに向って怒鳴ると、せかせかと行ってしまった。

「いつもあんな風なので」

と、たまきが恐縮している。

「いえ、変った人には慣れてます」

と、藍は言った。「幽霊に比べれば、どうということも……」

「そうですね」

たまきはホッとしたように笑った。

藍はもういつものバスガイドの制服に着替えていた。

「私、どう？」

と、真由美が言った。

「どうしたの、そのブレザー？　よその学校の制服じゃない？」

「万一、何かまずいことになっても、他の高校の生徒だと思われたら大丈夫でしょ」

藍は何も言えなかった。

たまきも、ＴＶ用の服とメイクで、すぐに戻って来たが、

「――困ったわ。今田君、来ないのかしら」

と、気が気でない様子。

「その場合は、私が弟子の代りに責任を取って出演する！」

と言ったのは、阿部教授で、別人のように派手なジャケットと真赤なシャツというスタイルだった。

「万一、出演する場合は、どの辺にいればいいのかね？」

「あの……今、ＡＤがご案内を、ちょっと……」

たまきは若いＡＤに阿部を案内させると、

「――びっくりした！」

「出る気満々ね」

と、真由美が笑いをこらえている。

すると、

「すみません、この花はどこへ置けば……」

と、作業服の男が訊いた。

「お花？　そうね、中へ入って、セットを組んでる人に訊いてくれる？」

と、たまきは言ったが――。

花の鉢を運んでいるその男を改めて見ると、

「――今田君！」

と、目をみはった。

「しっ！」

と、作業服姿の今田は小声で、「だめだよ、名前を呼んじゃ」

「だって――。何してるのよ？　もうじき本番よ」

「分ってる。でも、ぎりぎりまで正体を明かさないようにしないと」

「どういうこと？」

「僕が番組で真実を話すのを、あいつらは妨害しようとするからだよ」

「あいつらって……」

「もちろん、『月のウサギ』さ。今も、この場に紛れ込んでるに違いないんだ」

「今田君――」

「名前を呼んじゃだめだ」

と、今田は遮って、「いいね。僕が来てることは言っていいけど、どこにいるかは黙ってるんだよ！」

「だけど……」

と、言いかけるたまきを尻目に、今田は花を運んで行ってしまった。

「――今、聞いちゃいましたが」

と、藍は言った。「相当に重症ですね」

「困りますね。生放送で、巨大なウサギの話をされたら……。町田さん、何とかなりませんか」

「私にそう言われても……」

「大丈夫よ」

と、口を挟んだのは、もちろん真由美で、

「藍さんは期待を裏切らない！　安心して」

「勝手に請け合わないで」

と、藍は渋い顔をしたが、「でも、あんなに若いのに、天文学者としてやっていけなくなるのは気の毒ですね」

「そうなんです。泣きたくなっちゃう」

藍はため息をついて、

「ともかく、あの人の見たっていうウサギの化物について、調べてみましょう」

「お願いします！　町田さんだけが頼りです！」

と、たまきは藍の手をしっかりと握った。


「どこに行ったのかと思ったわ」

と言ったのは、ディレクターの厚木ゆかりだった。

「いや、どこにいればいいのか分らなくて」

と、阿部教授はハンカチで汗を拭くと、「どうなりそうだ？」

「本番まで、あと五分。今田さんは来てないわ。あなたがメインゲストよ」

「そうか！　どう登場すれば目立つかな」

と、阿部はネクタイを締め直した。

「心配しないで、ちゃんと私がパッと目立つようにしてあげる」

「頼むよ。何しろ私は今田のように、ＴＶ慣れしていない」

「大丈夫よ。落ちついていて」

そう言うと、ゆかりは素早く阿部にキスして、「ここで待っててね」

——真由美は、珍しいので、ＴＶ用のセットの裏側を見て歩いていて、偶然二人の話を聞いてしまった。

「どうなってるの？」

と呟くと、首をかしげて、「あんなパワフルなディレクターが、どうしてパッとしない六十男にキスするわけ？」

真由美はそっと藍の所へ戻ると、今見たことを伝えた。

「――ありうることよ」

と、藍は意外そうな様子も見せず、「老けた男を、『落ちつきのある立派な男』と勘違いするのよ」

「私は騙されないようにしよう」

と、真由美は肯いて言った。


「本番一分前！」

と、厚木ゆかりの声が響いた。「たまきちゃん、今田さんは諦めましょ」

「あ……。でも……」

「阿部先生が代りってことで」

すると、

「僕はここに来ています」

と、声がした。

作業服姿の今田が立っていた。

「まあ……。そんな格好で――」

すると、今田は手早く作業服を脱ぎ捨てた。下はスーツとネクタイ。どう見ても阿部より見映えがする。

「あら……」

ゆかりは、ちょっと言葉を失っていたが、

「それじゃ、予定通りにスタート！」

と、大声で指示して、セットの外へ出た。

「――阿部先生は？」

と、今田がたまきに訊いた。

「たぶん、セットの裏に」

と、たまきは言って、「ひと言、かけてくるわ。待ってらっしゃるでしょうからね」

と、セットの裏に駆けて行った。

「――やあ、聞いとったよ」

阿部は怒った様子もなく、「今田君が間に合って良かった」

「でも、進行次第では、ご出演いただくことも、――こちらで待機して下さい」

たまきが、セットの中の隅の方へと阿部を案内しておいて、急いで自分の定位置に戻った。

「本番十秒前！」

と、声がかかった。「九、八、七……」

――藍は、どうなるのかしら、とセットの中を眺め回した……。

4 幻影

「今日は特別な場所からの中継です」

マイクを手に、カメラの前に立つと、さすがにアナウンサーの声になる。

辻たまきは、内心の不安を少しも顔に出すことなく、

「この屋敷、実は〈幽霊屋敷〉との噂があります。そして今夜は特別ゲストとして、〈幽霊と話のできるバスガイド〉として有名な、〈すずめバス〉の町田藍さんにおいでいただいています！」

力をこめて言うと、すかさず画面には制服姿の藍が映し出された。

「町田さん、後ほどよろしくお願いいたします」

と、たまきは藍の方へ一礼して「初めに五分間、最新ニュースをお届けします」

画面はTV局のスタジオに切り替って、若手の女性アナウンサーが、短くニュースを伝える。

「水をくれ」

と、今田がADに声をかける。「喉が渇いて……」

氷の入った水のグラスが置かれると、今田は一気に飲み干してしまった。

たまきが、今田のそばに行くと、小声で、「お願い。ウサギの話はしないで」

と言ったが、

「いや、僕には真実を話す義務があるんだ」

と、今田はきっぱりと言った。

「だけど、今ここにウサギはいないのよ」

「いや、スタッフの中に、きっと人間に姿を変えて潜んでる。君は心配しなくていい。すべては僕の責任だ」

たまきはため息をつくと、

「それじゃ……、特集コーナーは二十五分ごろからだから」

と言って、元の位置に戻った。

ニュースが終って、話題は数日後に迫った大きなイベントの情報に。

そしてCMが入り……。

何だか今田の様子がおかしくなった。

息づかいが荒くなり、落ちつかない風で左右へ目をやっている。

そして——立ち上ると、

「ちょっと——トイレに」

と、小声で言ってセットから出て行ったのだ。

出番まで二、三分しかない。——今田は走るようにして戻って来ると、大きく息をついて、ハンカチで汗を拭った。

「——では、本日の特集コーナーに移りましょう」

と、たまきが言って、「今夜のゲストは、皆様もよくご存じの天文学のニューウエーブ——」

そこまで言うと、今田がまた席を立って駆け出して行ってしまった。

「――藍さん」

と、真由美がそっと言った。「もしかして……」

「うん。さっきの水のせいかしら。たぶん、それに下剤でも……」

「藍さんがやったの？」

「まさか！　下剤なんか持ち歩いてないわよ」

今田がいなくなってしまったので、たまきはとっさに、

「ゲストはＴ大教授、阿部達郎先生です」

と、阿部を手招きした。

「――どうも」

阿部が、今田の座っていた席につく。

少しもあわてていない。――藍は、阿部が水のグラスに薬を入れたのだろうと思った。

「月に水があることが分ったというニュースは私どもを驚かせましたが――」

と、たまきは話を続けた。

「その件について、分りやすく説明しましょう」

阿部は大学で講義しているかのように、淀（よど）みなく話し始めた。

しかし、今田がなかなか戻って来ない。藍は近くにいたＡＤを手招きして、トイレに行って様子を見て来てくれと頼んだ。

ＡＤが小走りにセットから出て行く。

「――とても興味をそそられますね」

と、たまきは言って、「ここで、もうお一人のゲスト、町田藍さんにお話を伺いましょう」

ライトが藍の方を照らす――はずだった。しかし、その席は空だった。

「私、代りに」

と、真由美がパッとその席に座ると、「私、遠藤真由美。この〈幽霊屋敷〉は、私のものなんです」

と、にこやかに言った。

「はあ……。幽霊がお好きとか――」

仕方なく、たまきも真由美の話にマイクを向けるしかなかった。

「〈すずめバス〉の町田藍さんのツアーにいつも参加しています。幽霊と会えるので」

「話題になっていますが、確かに本当の幽霊なんですか？」

「もちろんです！　藍さんはインチキなんかしません」

「怖くないですか、幽霊と会うって」

「ちっとも」

と、真由美は首を振って、「幽霊はやさしい人たちなんです。人を呪ったり、とりついたりするのは、お話の中のことで、本当の幽霊は、この世で幸せになれなかった人たちです。好きだった人が幸せになってくれているか知りたいとか、残された家族が立ち直っているか心配だとか……。藍さんの呼び出す幽霊は、人を襲ったりしません。人を襲うのは、生きてる人間です」

淡々と、しかし自信を持って語られる真由美の言葉は、居合せた人々を納得させるものだった。

しかし、そこへ、

「救急車を呼んで下さい！」

と、藍がセットに駆け込んで来た。

「町田さん――」

「今田さんがトイレで倒れています。意識がありません」

「あの――分りました」

厚木ゆかりがADに肯いて見せる。ADがセットから飛び出して行った。

「今田君は、月のウサギに襲われたんじゃないのか」

と、阿部が、ちょっとからかうように言った。

「阿部先生、そのお話は――」

「いや、天文学者ともあろうものが、『月にウサギがいる』などと本気で話しているとしたら、これは小さな問題ではない。日本の天文学そのものが、世界から笑われてしまう」

と、阿部は強調して、「TV番組としては、きっぱりと今田君が幻を見ているのだと公表すべきだ」

聞いているたまきが、表情を硬くした。しかし、番組は生放送で、進んでいるのだ。

「分りました。――番組をご覧になっておいでの方の中には、今田広太さんが巨大なウサギに襲われたと主張していることをお聞きの方がおいでかもしれません……」

「待って下さい」

と、藍が言った。「今田さんは本当に巨大なウサギを見たのかもしれません。少なくとも当人にとっては」

「それはどういう……」

「今田さんは、さっき飲んだ水に、おそらく薬が入れられたせいで、意識を失ったものと思われます。巨大ウサギを見たときも、何か飲んでいませんでしたか？」

「そうですね……」

と、たまきは考え込んで、「そういえば、空のグラスが……。冷蔵庫には、ハーブティーが入っていましたから、それを飲んだのだろうと思ったのを憶えています」

「おそらく、その中に何か幻覚を起こさせる薬が入っていたのでしょうね」

「でも――誰がそんなことを？」

「それは分りません。今はともかく早く今田さんを病院へ運ぶことです」

と、藍は言った。「真由美ちゃん、一緒に来て」

「うん！」

藍と真由美がセットから出て行ってしまって、阿部は、

「どうやら、今夜は幽霊もウサギも出そうにないね」

と、皮肉るように言った。

5　ウサギはウサギ

「ああ、そこでいい」

と、阿部は車のドライバーに言った。

自宅の前で車を降りる。送って来たＡＤが助手席から降りて、

「お疲れさまでした」

と、頭を下げる。

「うん、ギャラは大学の私の口座へ振り込んどいてくれ」

「かしこまりました」

阿部は自宅の門扉を開けて、玄関へ入って行った。教授という地位で安手な建売住宅ではみっともない。

少し無理をして建てた二階建である。――その借金はまだ残っていた。

「今田の奴……」

鍵を開けて入ると、「ただいま！」

と呼んでみるが、返事はない。

「やれやれ……」

リモートで、留守宅の暖房のスイッチを入れておいたから、居間は暖かい。

ネクタイをむしり取ると、ソファへ投げ、伸びをした。

「このチャンスだ」

と、阿部は棚から高級ブランデーを取り出して、ブランデーグラスに注ぐ。

妻はほとんど家にいない。家庭を持った娘の所に入り浸っている。

妻がそんなことになったのは、阿部が大学の若い女学生にしばしば手を出していたからだ。最近はセクハラ問題もうるさくなったから、以前ほどのことはない。しかし、いざとなれば「教授」の肩書にものを言わせて切り抜けられるのは変らない。

しかし――ここしばらく女学生の関心は専ら今田へと向けられている。

確かに、若いだけでなく、「見た目」でも阿部はとてもかなわない。TV映りもいいし、弁舌も爽やかである。

今田が出した天文学の最新知識を詰め込んだ一般向けの新書も売れているのだ。知識からいえば、阿部は今田以上のはずだ。しかし、今田の本は新刊としても文庫化されてもよく売れる。

俺だって……。今田が、ノイローゼになってしまえば、人気は低迷するだろう。

俺の本も、今夜のようにTV出演が重なれば、売れてくるだろう。印税が入れば、借金も返せる……。

「辻たまきに手を出しやがって！」

表面上、阿部は厚木ゆかりと付合っていた。

しかし本当は――辻たまきと「熱い仲」の今田が羨しくてならない。

二人が会っている別荘を突き止め、留守中に忍び込んで、飲物に薬を入れるのは難しくなかった。

あの辺の別荘の管理人をしている男に現金をつかませ、自由に出入りできるようにした。

――男の嫉妬ほど怖いものはない、と言うが、正に阿部はその典型だった。

しかも、人気、地位に加えて、美しい女性アナウンサーと来れば……。

「やれやれ……」

夕食も、局持ちでフレンチの高級店。――後でバーへくり出さなかったのは、ひとりではつまらないからだ。

「まあいい」

今夜は大分辻たまきに恩を売った。

これで食事にでも誘えば断るまい。ワインなど飲んで少し酔ったところで、旅行に誘う。

取材の名目でなら、局持ちで行ける……。

「そうさ。落ちついた初老男の良さが、いずれ分ってくる……」

居間の明りを点け、カーテンを閉めようと庭へ出るガラス扉に歩み寄ると、すぐ目の前に――真白なウサギがいた。

阿部はブルブルッと頭を振って、目をこすったが、その白いウサギは消えて失くならなかった。

「どこから来た?」

と、阿部は苦笑して、「とっとと行っちまえ。俺は月のウサギなんて信じちゃいない」

シュッとカーテンを引いて、ウサギを視界から消す。そして、居間の中へ向き直ると――テーブルの真中に、白いウサギがちょこんと座っていた。

何だ？　俺はどうかしちまったのか？

ちょっと寒気がしたが、ともかく目の前にウサギがいるという「現実」を片付けるのだ。

「こら！　そこをどけ！」

ソファのクッションをつかんで投げつけると、ウサギはピョンと飛び上って一目散に逃げて行った。

「ふざけやがって！」

この辺にウサギなんかいるわけが……。

「もう寝よう！」

戸締りを確かめてから、居間にいたウサギを捜し回ったが、どこへ行ったのか……。

まあ、一匹ぐらいどうってことはないだろう。明日、戸棚の中でも捜してみよう。

阿部はバスルームに入って、バスタブにお湯を入れた。――こう見えて神経質できれい好きだ。毎晩風呂に入らないと眠れない。

「ああ……。やれやれ……」

今田の奴、ちょうど「月のウサギ」のことを考えているところへ、薬の入ったハーブティーを飲んだので、とんでもない幻を見たのだろう。もともとホラー映画が好きだったのかもしれない。

するとーーシャワーカーテンの向うで、何か動く影が見えて、

「誰だ？」

と、声をかけた。「久美子か？」

妻ぐらいしか、こんな所に入って来ないだろう。だが——。

「先生、——辻たまきです」

と、聞き覚えのある声がした。

「たまき……」

「先生について来てたの。ご一緒に入っていい？」

「ああ。もちろん。——しかし、びっくりした！」

阿部はシャワーカーテンをシュッと開けた。すると、赤いバスローブを着た、ウサギが立っていた。

阿部はあわてて立ち上ったが、その拍子にバスタブの中で足がもつれて引っくり返った。

ゴーン、と音がして、阿部はバスタブのへりに頭をぶつけて気絶してしまった。

「あら……、大丈夫かしら」

と、たまきは大きなウサギの頭のかぶりものを取って言った。

バスルームへ藍が入って来ると、阿部の脈を取って、

「大丈夫。気を失ってるだけです」

「今田君にあんなひどいことして！」

と、たまきは憤然として、「犯罪だわ」

「ええ、下剤が強力で、今田さんは脱水症状を起こして危なかったんですものね。何とか持ち直しましたけど」

生放送の前に、たまきが相談したのは屋敷の持主、真由美だった。真由美が藍と親しいことも聞いていた。

前から阿部がたまきに何かと口実をつけては会いたがっていたと聞いて、真由美は今田が幻覚を見た日の阿部の行動を調べた。

阿部はその日、大学の講義を休講にして、車で出かけていた。

阿部は今田がよく酔うと「月にウサギが」と言っていたことを憶えていて、ペットショップで白いウサギを買い、大学の化学研究室から盗み出した幻覚剤を、別荘の冷蔵庫のハーブティーに入れた。

阿部の行動の見当がついたので、生放送の中で暴いてやるつもりだったが、阿部は今田の水のグラスに下剤を入れたのだ。

下手をすれば今田の命も危なかった。

事情を聞いて、たまきが怒って、小道具の倉庫から、うまくウサギの頭を見付けて来たのだった。

「ハハ……。裸だ」

と笑って覗いているのは真由美だった。

「こら、見ちゃだめよ」

と、藍が言うと、

「男の裸なんて見慣れてるよ」

と、真由美は言った。「中学一年まで、お父さんとお風呂に入ってたんだからね」

真由美はケータイで、バスタブの中でのびている阿部を撮ると、次にウサギの頭を阿部の頭にかぶせて、もうワンカット撮った。

「これ、SNSで流してやったら、絶対話題になるよね」

と、真由美は言った。

「藍さん、色々どうも」

と、たまきが言った。

「いいえ。真由美ちゃんが勝手に——。危いことしちゃだめよ」

「でも、いざとなれば、私には町田藍さんがついている！」

「本当にもう……」

「あのウサギ、どうしたんですか？」

「この近くの小学校で、ウサギを飼ってるんですよ。それをちょっと拝借して。返して来なきゃ」

と、藍は言った。「手分けして見付けましょう」

「もう『月でウサギが』なんて言い出さないでね」

と、たまきはしっかりと今田と腕を組んで言った。

夜道は静かで、月明りに照らされていた。

——阿部はＳＮＳに出た写真が大いに話題になったのと、今田を危うく殺しかけたことで、大学側から処分を受け、結局他の私立大学に移って行った。

二人はデートの帰り、来週の特集番組について話していた。

「——でも、月を眺めて、『ウサギが餅をついてる』と思った昔の人は、ロマンチストだったんだな」

と、今田が言った。

「そうね。今じゃ月の地図までできてるんだもの。あんまり夢のないのもね……」

「全くだ。——夢を見られる内に、僕らもどうだい？」

と、今田が、ちょっとわざとらしいさりげなさで言った。

「何が？」

「今度、准教授になる。記念に結婚しないか？」

たまきはふき出して、

「記念でなくてもＯＫよ！」

と言うと、足を止めた。

二人はそのまま長いキスに入ったが——。

「あら」

と、たまきが言った。「見て」

夜道の真中に、ポツンと白いウサギが座っていた。

「冷やかしに来たのかな？」

と、今田が言うと、もう一匹、ちょっとピンクがかった色のウサギが駆けて来た。

そして、二匹は一緒に夜の中へと消えて行った……。

初出誌◇小説すばる

正義果つるところ　2021年７月号・８月号
雪の中のツアーガイド　2021年11月号・12月号
ジャンヌ・ダルクの白馬　2022年３月号・４月号
ＫＯ牧場の決斗　2022年７月号・８月号
(「ＫＯ牧場の決闘」を改題)
死者の試写会へようこそ　2022年11月号・12月号
月のウサギはお留守番　2023年３月号・４月号

死者(ししゃ)の試写会(ししゃかい)へようこそ

2023年8月10日　第1刷発行

著　者　赤川次郎(あかがわじろう)

発行者　樋口尚也

発行所　株式会社 集英社
東京都千代田区一ツ橋2-5-10　〒101-8050
電話　編集部　03（3230）6100
読者係　03（3230）6080
販売部　03（3230）6393（書店専用）

印刷所　凸版印刷株式会社

製本所　ナショナル製本協同組合

ISBN978-4-08-771833-1 C0093

赤川次郎
〈すずめバス〉シリーズ

死神と道連れ　怪異名所巡り9　文庫判

20年以上前のバス事故、唯一の生存者が〈すずめバス〉にバスの貸し切りを申し込む。たった一人のツアーの目的とは——。

明日死んだ男　怪異名所巡り10　文庫判

タレントの卵のもとに舞い込んだ破格の仕事。依頼人のもとに向かうと、「私を殺してほしい」と頼まれて——。

夜ごとの才女　怪異名所巡り11　新書判

共演中の有名女優とベテラン俳優がともに「誰か」を殺す夢を見ている。撮影終盤に差し掛かり、その夢が誘う先は——。